KB118970

초록은 어디에나

트리플

20

TRIPLE

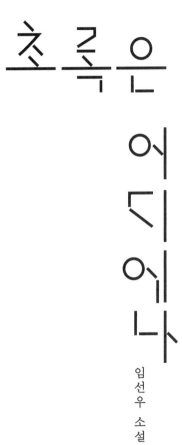

초록은 어디나

임선우 소설

차례

초록 고래가 있는 방

　　　　구하라. 그러면 얻을 것이다. 찾아라. 그러면 찾
을 것이다. 두드려라. 문을 두드리면, 계속해서 두드리
면…… 열리지 않을까? 새벽 세 시, 내가 문을 두드리며
간절한 마음으로 구하고 찾는 이는 바로 윗집 여자였
다. 일주일 전부터 내 방 천장에서 물이 뚝뚝 떨어졌는
데, 윗집 여자는 줄곧 부재중이었다. 그 바람에 일주일
간 전등도 켜지 못했고 방 안이 온통 곰팡이로 뒤덮이
는 끔찍한 악몽에도 시달렸다. 그러나 조금 전 편의점
에서 술을 사서 나오는 길에 나는 우연히 보았다. 빌라
꼭대기 층, 그러니까 내 윗집의 얇은 속 커튼 사이로 환

한 빛이 구원처럼 흘러나오는 모습을.

아랫집이에요. 나는 초인종을 누르면서 말했다. 아랫집인데 천장에서 물이 새요. 그러나 대답이 없었다. 현관문에 귀를 갖다 대보아도 조용했다. 지난 며칠은 얌전히 집으로 돌아갔지만, 오늘은 아니었다. 술에도 취했겠다, 집에 불이 켜져 있는 것도 확인했겠다, 나는 윗집 여자가 열어줄 때까지 문을 두드릴 생각이었다. 나는 계속해서 두드렸고, 얼마 지나지 않아 예상대로 현관문이 열렸다. 종잇장 하나 겨우 들어갈 만큼 아주 살짝.

왜 이러세요, 이 시간에. 동네 사람들 다 깨우려고 작정했어요? 좁은 문 틈새로 윗집 여자의 목소리만 들려왔다. 밖에서 보니 집에 불이 켜져 있길래요. 나 또한 문 틈새에 대고 말했다. 우리 집 천장에서 물이 새는데, 일주일 동안 집에 안 계셨잖아요. 누수가 있다는 말씀이신가요? 집을 확인해보시려고요? 여자의 물음에 나는 그렇다고 대답했다. 죄송하지만 그건 어렵겠는데요. 제가 지금 집에 사람을 들일 만한 상황이 아니어서요. 그러더니 여자는 나에게 며칠만 더 기다려주면 안 되겠느냐고 물었다. 피해 보상은 얼마든지 해주겠다면서. 지금 장난해요? 천장에서 물이 뚝뚝 떨어진다니깐요. 나는 참지 못하고 소리쳤다. 그러자 여자는 내게 술을 많이 마신 것 같은데 내일 아침에 다시 얘기하자고 했다. 제 얘기 아직 안 끝났어요. 나는 닫히려는 현관문 손잡이를 재빨리 잡은 다음 그대로 열어젖혔다. 그 순간 내가 마주한 것은, 신발장에서 나를 내려다보고 있는 거대한 단봉낙타 한 마리.

*

아…… 갑자기 문을 열어버리면 어떡하나요. 낙타가 나를 내려다보며 곤란하다는 듯 말했다. 슬픈 듯한 두 눈, 기다란 속눈썹과 더 기다란 다리, 천장에 닿을 듯한 머리와 치솟은 혹은 분명 낙타였다. 넋이 나간 채로 서 있는 나에게 낙타는 안으로 들어오라고 했다. 계속 시끄럽게 굴다가는 옆집에 신고당하겠어요. 낙타는 뒤로 몇 걸음 물러나 내가 들어갈 공간을 마련해주었다. 저를 해치려는 건 아니죠? 나는 겨우 용기 내어 물었다. 그건 제가 드려야 할 질문 같은데요. 낙타가 대답했다.

낙타를 따라 들어간 집 안은 아무도 살지 않는

것처럼 텅 비어 있었다. 거실과 부엌 어디에도 가구가 하나도 보이지 않았다. 특이한 점이라면 바닥에 소음 방지 매트가 빼곡히 깔려 있다는 것. 그러고 보니 전에 한동안 윗집에서 크고 둔탁한 발소리가 들려온 적이 있었다. 윗집 여자는 마른 몸에 비해 발소리가 어마어마하다고 생각했는데, 말하는 낙타를 키우고 있었던 거구나. 너무 놀란 나머지 술이 다 깨는 듯했다.

여기 앉으시겠어요? 낙타는 거실 바닥에 놓인 방석으로 다가가며 정중하게 물었다. 나는 방석 위에 앉았고, 낙타는 나와 조금 떨어진 자리에 무릎을 굽히고 앉았다. 텅 빈 거실조차 낙타에게는 비좁은 느낌…… 여자분은 어디 가셨어요? 집 안을 둘러보며 내가 물었다. 여자분이요? 이 집 주인이요. 단발머리에 키도 크고 눈도 큰 여자분. 아, 그거 저예요, 하고 낙타가 대답했다. 제가 어쩌다 한 번씩 낙타로 변하거든요. 어떻게 하면 사람이 어쩌다 한 번씩 낙타로 변하나요. 내가 되묻자 낙타는 그러게요, 하면서 대충 얼버무리더니 말했다. 일주일 전부터 매일 찾아오셨다는 거 알아요. 낙타가 된 걸 들키고 싶지 않아서 집에 없는 척했어요. 괜찮다고 대답하다가 문득 이곳에 찾아온 이유가 떠올랐다. 낙타를 보고 정신이 팔리는 바람에 누수를 까맣게 잊고 있었다.

실례지만 그러면 언제쯤 다시 사람으로 돌아오시나요? 나는 조심스럽게 물었다. 어려운 상황이라는 건 알지만 저도 빨리 집을 고쳐야 해서요. 낙타는 그건 자신도 잘 모른다고 대답했다. 그러고는 잠시 생각하더니, 공사가 진행되는 동안 자신은 내 집에 가 있고 내가 자신을 대신해서 이 집 주인 행세를 하는 건 어떻겠느냐고 했다. 짧은 고민 끝에 나는 제안을 받아들였다. 빈집에 낙타를 들여야 한다는 점이 다소 찜찜하긴 했으나 별다른 방법이 없었다. 집에 다른 분은 안 계세요? 낙타가 물었다. 동생이랑 같이 사는데 지금은 출장 중이에요. 보름은 더 있어야 돌아오니 걱정 마세요. 내 대답에 안심이 되었는지, 낙타는 내일 당장 업체를 불러도 상관없다고 했다. 새로운 업체를 찾아볼 시간만 주세요. 인제 와서 윗집 주인이 나였다고 말하면 미친 여자로 볼걸요. 내가 말했다. 그분들한테 내 욕했죠? 네.

욕한 건 봐드릴 테니까 오늘 제 모습은 비밀로 해주세요, 하고 낙타가 나를 바라보며 말했다. 이토록 커다란 동물과 이렇게나 가까이 마주하는 것은 처음이

었지만 무섭다거나 위협적으로 느껴지지는 않았다. 그
럼요. 내가 대답하자 낙타는 동생분에게도요, 하고 덧
붙였다. 낙타는 내가 동생에게 숨기는 것이 이미 많다
는 사실을 모르는구나. 안다면 불안해하지 않을 텐데.
나는 어쩐지 쓸쓸해진 기분으로 고개를 끄덕였고, 낙타
는 그런 나를 보며 인사했다. 그럼 내일 봐요.

　　빌라 계단을 한 층 내려와서 문을 열자 조금 전
과 같은 구조의, 그러나 너무나도 다른 집 내부가 눈에
들어왔다. 흰 공간에 놓인 원목 가구들과 윤이 나는 마
룻바닥, 잘 정돈된 부엌 그릇장과 거실 책장까지. 나는
신발장에 널브러져 있던 편의점 봉투를 주워 집 안으로
들어갔다. 윗집으로 올라가기 전 급한 대로 신발장에
던져둔 것이었다.

　　코트를 벗고 식탁에 앉아 조금 전 일어난 일을
되짚어보았다. 캐묻는 것은 예의가 아닌 듯해서 침착하
게 누수 얘기만 나누고 돌아오긴 했으나, 이게 무슨 일
인지…… 한겨울에, 대한민국에서, 그것도 내 윗집에
낙타 인간이 살고 있었다니. 어찌 됐든 윗집 문을 연 것
은 잘한 선택이었다. 그러지 않았더라면 윗집 여자는

낙타가 된 걸 숨기기 위해 끝까지 문을 열어주지 않았을 테고, 누수공사도 할 수 없었겠지. 물에 젖어 썩어 들어가는 집은 상상만 해도 무서웠다. 나는 편의점 봉투로 손을 뻗었다. 식탁에는 이미 빈 소주병들이 놓여 있었으나, 나는 새로운 병을 꺼내 들었다. 찬 액체가 식도를 타고 내려가고 나서야 놀랐던 마음이 겨우 진정되었다. 불안을 가라앉히고 잠을 자기 위해 매일 밤 술을 마신 지도 벌써 삼 년째였다.

평범하게 술을 즐기던 사람이 술 없이는 하루도 버틸 수 없게 된 배경에는 영화 〈초록 고래〉가 있었다. 〈초록 고래〉는 각본만 쓰던 내가 처음으로 연출까지 맡은 영화였는데, 각종 영화 사이트에서 혹평을 받아가며 흥행에 실패했다. 환상이 뒤섞인 플롯은 난해하고 지루하며, 주인공의 감정선은 이해하기가 어렵다는 것이 주된 평이었다. 그러나 〈초록 고래〉가 진정한 악몽이 된 것은 한 커뮤니티 게시글에 달린 댓글이 유명해지고 나서부터였다. 불면증을 앓는다는 사람의 글에 누군가 조롱하는 투로 〈초록 고래〉를 보라는 댓글을 남겼는데, 그것이 유명해지는 바람에 '초록 고래'는 수면제를 뜻하는 인터넷 밈이 되어버렸다. 사람들은 자신의 마음에 들지 않는 게시글에 초록 고래 사진을 댓글로 달기 시작했다. 이딴 글을 쓸 시간에 잠이나 자라는 것이었다. 밈이 되어버린 초록 고래는 걷잡을 수 없이 빠르게 퍼져나갔고, 나는 그날 이후로 인터넷을 끊었다.

어디서부터 문제였을까? 각본을 곧잘 쓰니 연출도 잘할 거라는 주변인들의 말에 희망을 품은 것? 주력 장르인 코미디가 아닌 드라마를 선택한 것? 제작비를 충당하기 위해 무리해서 빚을 진 것? 영화가 개봉하고 보름이 지나자 투자자들의 연락을 받을 수가 없었다. 애써 무시하려던 혹평들은 한 줄 한 줄 심장에 새겨지기 시작했다. 평생 써온 시나리오를 더는 단 한 줄도 쓸 수 없었다.

그 시기에는 어디로든 도망치고 싶었으나, 막상 나는 집 밖에 나가기조차 두려웠다. 그래서 찾게 된 것이 술이었다. 지금처럼 부엌 식탁에 가만히 앉아서 술을 몇 모금 넘기다 보면 비상문이 열렸고, 그 문 너머로는 고요한 세상이었다. 그곳에서 〈초록 고래〉의 실패는 더는 중요한 문제가 아니었다. 나는 〈초록 고래〉에 대한 조롱을 웃어넘겼으며, 시간은 부드럽고 온화하게 흘러갔다. 무엇보다 술에 취해 있는 동안 나는 나를 싫어하지 않았다.

　　이 년 전 집 보증금까지 까먹고 거리에 나앉게 생긴 나를 술을 끊는 조건으로 거둬준 것은 동생 송주였다. 송주와 같이 살게 된 초반에는 잠시 술을 멀리했지만, 송주가 출장을 떠난 빈집에서 나는 매번 자제력을 잃었다. 반도체 사업부에 근무하는 송주는 일 년에 절반 이상을 외국에 나가 있었다. 하지만 다행인지 불행인지, 나는 비밀을 유지하는 데 소질이 있었다.

　　송주에게 술을 마신다는 사실을 들키지 않기 위해 나는 집 안 청소에 병적으로 집착하기 시작했다. 출장에서 돌아올 때마다 완벽하게 정돈된 집을 보며 송주는 나를 의심하지 않았다. 심지어는 조만간 내가 새로운 시나리오를 쓰리라고 기대했다. 나는 소주를 머그잔에 따라 마시면서, 당장 인테리어 잡지에 실려도 좋을 만큼 단정한 집 안을 둘러보았다. 깨끗하고 밝았다. 내가 완전히 망가지지 않았다는 유일한 증거. 나는 취한 와중에도 식탁을 깔끔하게 정리했고, 방 안으로 들어가 물이 새는 자리에 받쳐놓은 대야를 비워낸 다음 제자리에 갖다놓았다.

　　다음 날 아침에는 숙취로 지끈거리는 머리를 부

여잡고 일어나 새로운 누수 업체부터 알아보았다. 대부분 예약이 차 있어서 오후 늦게라도 가능하다는 곳을 한 군데 찾아 예약했다. 그러고는 시간이 조금 남아 집 안 정리를 하다가 거실에 있던 낮은 테이블을 창고로 옮겼다. 윗집 여자가 가구를 전부 치워둔 데에는 이유가 있었다. 32평형 빌라는 단봉낙타가 움직일 공간이 턱없이 부족했다. 거실에 방석을 대신할 커다란 요를 깔아놓고 환기까지 마친 다음, 나는 윗집으로 올라갔다.

초인종을 누르고 기다리자 문이 열렸다. 간밤의 일이 꿈이 아니었음을 증명하듯 낙타는 새벽과 똑같은 모습으로 신발장 앞에 서 있었다. 다시 보아도 적응되지 않는 압도적인 크기……. 속은 좀 괜찮아요? 낙타는 나를 보자마자 물었고, 나는 머쓱해진 채 고개를 끄덕였다. 누수 업체를 찾았는데 오후 네 시는 넘어야 도착한대요. 우리 집에 와 있을래요? 내가 낙타를 올려다보며 물었다. 그러면 저야 감사하죠.

낙타는 두리번거리며 주위에 아무도 없는 것을 확인하고 밖으로 걸어 나왔다. 계단을 내려가려는데 낙타가 뒤에서 저기요, 하고 불렀다. 죄송한데 제가 계단을 못 내려가요. 괜찮아요, 엘리베이터를 타면 되죠. 내가 뒤돌아서며 대답했다. 엘리베이터에는 CCTV가 있지 않나요? 우리 빌라 CCTV 전부 가짜인데 몰랐어요?

좁은 엘리베이터에 낙타를 욱여넣다시피 해서 겨우 도착한 우리 집은 작은 사막이었다. 오신다고 해서 난방 온도를 최대로 높여놨거든요. 내가 설명했다. 그럴 필요까지는 없는데, 하면서 낙타는 웃었다. 실은 어젯밤을 꼴딱 새웠어요. 신고당할까 봐 걱정되어서요. 낙타는 내가 거실에 깔아둔 요 위에 앉으면서 말했다. 신고요? 네, 야생동물보호센터 같은 곳에 신고해버리면 끝장이니까요. 제가 왜 신고를 하겠어요. 신고하면 공사가 또미뤄질 텐데. 내 말에 낙타는 고개 돌려 나를 바라보았다. 농담이에요.

나는 신고할 생각이 전혀 없으니 안심하라고 했다. 그보다 어제 새벽에는 죄송했어요. 제가 집 관리 문제에는 조금 예민해서요. 내가 간밤의 일을 떠올리며 사과하자 낙타는 괜찮다면서, 집을 보니 이해가 간다고 덧붙였다. 오신 김에 물 새는 거 확인해보실래요? 내가 물었다. 글쎄요. 이 몸으로 방 안에 들어가긴 무리일걸요. 낙타가 대답했다. 아, 그렇구나. 나는 낙타의 솟아오른 혹을 바라보다가 고개를 끄덕였다.

　그러고 보니 공사가 제법 오래 걸릴지도 모르는 일이었다. 일어나서 부엌을 뒤져보니 다행히 사과 한 상자가 있었다. 나는 사과 아홉 알을 깨끗이 씻어 쟁반에 내어갔다. 낙타 몫으로 여덟 알, 내 몫으로 한 알. 낙타는 눈 깜짝할 사이에 자신의 몫을 다 먹었다. 점심 드시고 오셨다면서요. 내가 말했다. 먹으니까 또 들어가네요. 낙타가 대답했다. 그나저나 낙타가 되면 식사는 어떻게 챙기려나. 궁금해져서 물어보자 집에 잡곡과 구황작물을 수백 킬로그램 쌓아두었다는 대답이 돌아왔다. 그뿐만 아니라 낙타가 되면 당근이나 배추 같은 채소들이 종종 생각나서, 못 참겠다 싶을 때는 비대면으로 배달을 시켜 먹기도 한다고 했다.

　지난주에는 배추 삼 킬로그램을 배달시켰는데 간에 기별도 안 가더라고요. 낙타로 살아가려면 식비가 만만치 않겠구나, 그나마 초식동물이어서 다행인가, 생각하던 중 낙타가 나에게 물었다. 전에는 왜 제 인사 안 받아줬어요? 언제요? 작년에 이사 온 뒤로 초반에 계속 인사했는데 한 번을 안 받아주던데요. 나는 미안하다고 사과했다. 아는 사람을 만들고 싶지 않았어요. 낙타에게 차마 다 얘기할 수는 없었으나, 나는 술에 취해 있다는 사실을 숨기기 위해 이웃들을 더욱 피해 다녔다. 아는 사람도 아니고 아는 낙타가 생길 줄은 몰랐지만…… 혹시 지금도 제가 불편하세요? 낙타가 조심스레 물었을 때 나는 고개를 저었다.

늑대 인간이랑 비슷하게 낙타 인간이라고 생각해도 될까요? 나는 사과를 마저 먹으며 물었다. 네, 보름달이랑은 상관없지만. 낙타가 대답했다. 태어날 때부터 낙타 인간이었나요? 아니요. 사 년 전에 처음 변신한 뒤로 가끔 이래요. 불편한 점이 많겠다는 말에 낙타는 딱히 그렇지도 않다고 했다. 낙타가 되면 생활이 단순해지거든요. 의외로 신경 쓸 일도 없고요. 처음에는 덩치가 워낙 크고 사족보행이라 힘들었는데, 이제는 하고 많은 동물 중 낙타여서 다행이라는 생각이 들어요. 낙타는 무엇이든 잘 버티는 동물이니까.

낙타가 되면 무엇이든 잘 버티게 되나요? 내가 되묻자 낙타는 아무래도 그런 것 같다고 대답했다. 그 말이 사실이라면 낙타가 되는 것도 나쁘지 않을 듯했다. 낙타가 되면 술 없이도 버틸 수 있게 될까? 그러고 보니 나는 아직 윗집 여자의 이름조차 알지 못했다. 제 이름은 도연이에요. 내가 말했다. 낙타의 이름은 유미

라고 했다.

텔레비전 틀어드릴까요? 기다리는 동안 심심하실 것 같아서요. 어느덧 일어날 시간이 되어 내가 묻자 유미 씨는 괜찮다고 했다. 조용한 게 좋아요. 나는 자리에서 일어나며 유미 씨에게 현관문 비밀번호를 알려달라고 했다. 1108이에요. 의미 있는 날짜예요? 별생각 없이 물었을 때 유미 씨는 덤덤하게 대답했다. 네, 남편 기일이에요.

*

누수 탐지에는 꼬박 세 시간이 걸렸는데, 바닥에 깔린 매트를 걷어내느라 시간이 조금 더 걸렸다. 기사는 주방 쪽 온수 배관이 파열되었다면서 내일 공사를 진행하겠다고 했다. 오늘은 시간이 늦었다는 것이었다. 나가기 전 기사는 신발을 신으면서 나에게 말했다. 앞으로 이 집 살면서 좋은 일이 많이 생길 거예요. 액땜했다고 생각하세요. 집에 가구가 없는 것을 의아해하기에 이사 온 지 얼마 안 됐다고 둘러댔는데, 그 점을 안쓰럽게 여긴 듯했다. 나는 그에게 고맙다고 인사했다.

집으로 돌아가자 거실에 앉아 있던 유미 씨가 나를 보고 자리에서 일어났다. 여태 무얼 하고 있었을까? 나는 유미 씨에게 편히 앉으라고 말한 다음, 옆에 앉아서 진행 상황을 전해주었다. 그럼 하루 더 신세를 져야겠네요. 얘기를 다 들은 유미 씨가 말했다. 신세 진다는 생각 말고 편히 있어요. 와중에 누수 탐지하느라 바닥에 있던 매트를 전부 걷어냈어요. 공사가 끝나면 원상 복구할게요. 내가 말했다. 매트가 지저분했을 텐데 고생 많으셨겠어요. 아니에요, 그런데 매트 밑에서 동전이 나왔어요. 칠백 원이나 되던데요. 내 말에 유미 씨는 민망한 듯 웃었다. 제가 좀 칠칠치 못해서요. 예전에 남편한테 잔소리도 많이 들었어요.

결혼하신 줄 몰랐어요. 내가 말했다. 유미 씨에게 현관문 비밀번호 얘기를 들었을 때는 심장이 내려앉는 듯했다. 남편이 죽은 뒤에 여기로 이사 온 거니까요. 유미 씨가 대답했다. 유미 씨 남편은 사 년 전 대학생들이 몰던 차에 치였다고 했다. 차에 타고 있던 학생 세 명은 경미한 부상에 그쳤지만, 유미 씨 남편은 병원에 도착하기도 전에 숨을 거두었다. 처음에는 남편이 죽었다는 사실을 받아들이지 못했어요. 집에 있으면 남편이

밖에서 일하는 것 같고, 밖에 있으면 남편이 집에서 기다리는 것 같더라고요. 석 달이 넘도록 매일 식탁 위에 남편 밥을 차려놓았어요. 그러다 남편이 떠났다는 사실을 받아들이게 되었을 때는, 남편을 따라가고 싶었어요.

유미 씨는 정말로 죽을 생각이었다. 때마침 오래전부터 처방받아온 정신과 약이 한 달 치 넘게 쌓여 있었다. 한꺼번에 약을 삼키자 곧바로 기절했고, 사흘 만에 깨어났을 때는 제가 낙타로 변해 있었어요. 그 말에 놀라 유미 씨를 바라보았는데, 정작 유미 씨는 덤덤하게 말을 이어갔다. 눈을 떠보니 몸이 달라진 느낌이 들었어요. 엎드려 있던 몸을 일으키고 싶었는데 뜻대로 되지 않았거든요. 여러 번의 시도 끝에 겨우 일어나서 보니 한밤중 어두운 거실 유리창에 비치는 제 모습이 글쎄 낙타더라고요. 나중에 알게 된 사실인데, 저는 자살을 시도할 때마다 낙타로 변해요.

유미 씨는 번개탄에 불을 붙이려던 순간에도 낙타로 변했고, 보름 전 창문을 열고 뛰어내리려던 순간에도 낙타로 변했다고 했다. 사실 이번에는 성공할 줄 알았어요. 이 정도 높이에서 뛰어내리면 아무리 낙타여도 별수 없겠지 싶어서요. 그런데 뛰어내리려고 하자마자

낙타로 변해버리는 바람에 몸이 창문에 끼어서 유미 씨
는 한참을 고생했다. 얘기를 듣고 보니 낙타 등허리의
긁힌 자국이 눈에 들어왔다. 그것을 물끄러미 들여다보
다가, 나는 유미 씨에게 지금도 그런 마음이 남아 있는
지 물었다. 어느 정도는요. 유미 씨가 대답했다. 죽고 싶
은 마음이 사라져야만 인간으로 돌아갈 수 있거든요.

그런 거였구나. 나는 잠시 망설이다가 유미 씨
에게 다시 물었다. 그 마음이 계속해서 사라지지 않으
면요? 그러면 평생 낙타로 살게 되겠죠? 유미 씨는 남
얘기를 하듯 무심하게 대답했다. 다행히 낙타로 지내는
시간이 점점 줄어들고 있어요. 처음에는 꼬박 석 달이
걸렸는데, 지난번에는 한 달 반밖에 안 걸렸거든요.

내가 잠시 말이 없자, 유미 씨는 너무 걱정하지
말라고 덧붙였다. 등에 달린 혹도 많이 가라앉았어요.
일주일 전에는 훨씬 커다랬거든요. 나는 유미 씨의 혹
을 바라보았다. 저게 줄어든 거라면 일주일 전에는 대
체 얼마나 커다랬다는 건지. 혹 크기가 인간으로 돌아
오는 거랑 상관있어요? 내가 물었다. 네, 혹이 완전히
줄어들어야만 인간으로 돌아가요. 유미 씨가 대답했다.

낙타가 되면 외출이 어려워지잖아요. 집 안에 간

혀서 어두운 생각에 몰두하다 보면 혹이 점점 자라요. 혹이 자란다고요? 되묻자 유미 씨는 그렇다고, 혹은 어두운 생각을 먹고 자라난다고 했다. 처음에 낙타가 되었을 때는 혹이 어마어마하게 부풀어 올라서 천장에 닿을 정도였어요. 혹에 몸이 짓눌리는 바람에 숨도 잘 안 쉬어졌고요. 하루는 갑갑한 나머지 거실 창문을 활짝 열었는데, 바람에 날린 커튼이 제 몸을 부드럽게 스치더라고요. 그 순간 커튼을 보고 생각했어요. 희재구나.

아, 희재는 제 남편 이름이에요. 유미 씨가 말했다. 그때는 커튼이 정말 희재라고 생각했고, 그렇게 상상하다 보니 마음이 좋아지면서 혹이 점차 가라앉더라고요. 이상한 얘기지만 도연 씨라면 이해해줄 것 같아서 얘기해봤어요. 도연 씨는 글을 쓰니까. 나는 당황해서 유미 씨를 바라보았다. 제가 글 쓴다는 걸 어떻게 알았어요? 책장에 있던 상장을 봤어요. 유미 씨가 대답했다. 오래전 지방 영화제에서 〈초록 고래〉가 아닌 다른 영화로 각본상을 받은 적이 있었다. 1회 만에 사라진 작은 영화제였는데, 송주가 어떻게 찾아냈는지 책장에 상장을 놓아둔 것이었다. 예전에는 썼는데 지금은 안 써요. 내가 말했다. 혹여나 유미 씨가 〈초록 고래〉를 언급

할까 봐 긴장했는데, 이어지는 유미 씨의 말은 훨씬 뜻
밖이었다.

　　부탁 하나만 해도 될까요. 제가 쓴 글을 읽어봐
주실 수 있나요. 유미 씨는 낙타로 변신한 뒤 깊은 우울
감이 지나가고 나면 무료함이 찾아온다고 했다. 집에
갇혀서 할 일이 없던 나머지 녹음기를 켰어요. 처음에
는 무엇을 먹고 무엇을 했다는 식의 간단한 음성 일기
로 시작했는데, 시간이 지날수록 내용이 독특해져서 그
중 일부는 사람으로 돌아온 뒤에 글로 옮겨 적었다는
것이었다. 누군가에게 보여줄 생각은 없었는데, 도연
씨에게는 보여드릴 수 있을 것 같아요. 제 상황을 알고
계시니까요.

　　다른 사람 글을 봐주기에는 제가 글을 안 쓴 지
너무 오래되어서요. 나는 완곡히 거절했다. 글에 관련
된 일이라면 아무리 간단한 일이어도 피하고 싶었다.
그래도 저보다는 훨씬 나으실 텐데요. 아니에요, 재능
이 없어서 그만둔 거예요. 내가 손사래 치며 말하자 유
미 씨는 알겠다고 대답했다. 제가 무리한 부탁을 드린
것 같아요. 그 말을 끝으로 정적이 흘렀고, 잠시 뒤에 유
미 씨는 집으로 돌아가려는 듯 몸을 일으켰다. 유미 씨

에게 많은 얘기를 들어서였을까, 낙타의 눈이 깊어서였을까. 나는 마지막에 그만 마음이 흔들리고 말았다. 유미 씨, 글 보여주세요. 읽어보고 싶어요.

우리는 엘리베이터를 타고 위층으로 올라갔다. 우리 집과 같은 색깔의 마룻바닥을 밟고 거실을 지나 방문을 열자, 옷장과 책걸상만 놓인 단출한 방이 나왔다. 유미 씨는 책상 서랍에 인쇄한 글을 보관해두었다고 했다. 서랍을 열자 대여섯 장 분량의 글 두 편이 투명 파일 안에 들어 있었다. 녹음된 내용을 바탕으로 썼지만, 글로 옮기면서 많이 바뀌었어요. 유미 씨는 낮에는 배달 일을 하고 저녁에 글을 썼다고 했다. 지금 읽어볼까요? 내가 물었다. 아니에요. 나중에 천천히 읽고 말씀해주세요. 바로 윗집이니까. 유미 씨가 대답했다.

그날 밤 집에 돌아와 씻고 나오자 유미 씨가 집 안을 걸어 다니는 소리가 들려왔다. 잘 준비를 하는 것일까? 전화가 울려서 확인해보니 송주였다. 회의 전에 잠깐 시간이 나서 전화를 걸었다고 했다. 오늘 하루는 어땠는지 묻는 송주에게 나는 평소와 같았다고 대답했다. 혹시 윗집 여자 기억나? 내가 물었다. 윗집에 여자가 살았나? 이만 끊자. 잠깐, 윗집 여자랑 술 마신 건 아니지? 나는 식탁에 올려둔 소주병을 바라보며 당연하지, 하고 대답했다.

전화를 끊었을 때 위층에서는 아무런 소리도 나지 않았다. 나는 식탁에 앉아 유미 씨의 글을 펼쳤다. 천천히 읽어도 된다고 했지만, 잘 알고 있었다. 내 글이 누군가에게 읽히길 기다리는 그 초조한 마음을. 머그잔 가득 소주를 따라놓은 다음 글을 읽기 시작했다.

감상적인 얘기겠지, 이웃의 개인사를 세세히 알게 되어 불편해지는 것은 아닐까, 하는 걱정은 첫 문장을 읽는 순간 사라졌다. 남편은 세로 210 가로 180짜리 대형 커튼이다. 글은 종일 천장에 매달려 있던 남편을 안쓰럽게 여긴 아내가 커튼 봉에서 남편을 떼어내주는 장면으로 시작했다. 유미 씨, 일기가 아니라 소설을 쓰고 있었구나. 나는 자세를 고쳐 앉았다.

유미 씨는 초반 긴 분량을 공들여서 커튼을 묘사했다. 어두운 회색, 그러나 한밤중에는 검정으로 보이는 대형 커튼은 묵직했으며 손으로 만져보면 고양이 털처럼 매끄러웠다고 쓰여 있었다. 순수한 면직물로 이루어진 거대한 남편. 아내는 남편을 너무나 사랑한 나머지 밤마다 남편을 이불처럼 덮고 잤다. 얼마 지나지 않아 여자는 낮에도 남편과 함께이고 싶었다. 고민 끝에 여자는 남편의 일부를 잘라냈고, 그것으로 외투를 만들어 입고 다녔다. 며칠 뒤에는 또다시 일부를 잘라내어 모자를 만들기도 했다. 고민거리가 있거나 어떠한 결정을 내려야 할 때, 모자로 된 남편을 쓰고 있으면 함께 머리를 맞댄 듯한 기분이 들었기 때문이다.

이로써 아내는 남편을 덮고, 입고, 머리에 쓰면서 모든 순간을 함께할 수 있었다. 그러나 어느 늦은 밤, 아내는 침대에 누워 있다가 불현듯 자신의 가슴 정중앙에 뚫린 거대한 구멍의 존재를 알게 되었다. 아내는 비명을 내지르며 자리에서 일어나 외투와 모자를 만들 때 사용했던 재단 가위를 가져왔다. 그러고는 머리에 쓰고 있던 모자 남편을 벗어 조각조각 잘라낸 다음, 잘게 조각낸 면직물을 한 움큼씩 입 안에 넣고 삼키기 시작했다. 아내가 모자를 남김없이 먹어치우는 데는 삼십 분도 채 걸리지 않았다. 아내는 곧이어 옷장 문을 열었다. 외투 남편 역시 모자 남편과 똑같은 과정을 거쳤다. 외투를 다 먹어갈 때쯤에는 창밖이 서서히 밝아왔는데, 위장이 찢어지는 듯한 고통을 느끼면서도 아내는 먹는 것을 멈추지 않았다. 마침내 외투를 다 먹고 이불 남편

마저 잘라내던 중 아내는 면직물 조각에 기도가 막혀 그만 죽어버렸다.

이야기는 거기서 끝이었다. 나는 이어서 두 번째 글을 읽기 시작했다.

두 번째 글의 주인공은 어느 날부터 슬픔을 느낄 때마다 푸른 돌을 뱉었다. 돌을 뱉고 나면 잠시나마 슬픔이 가라앉았고, 여자는 그 점이 마음에 들었다. 시간이 지날수록 여자의 집 안에는 감당 못 할 정도로 많은 돌이 쌓여갔다. 여자는 돌을 뒷산에 옮겨놓았고, 얼마 지나지 않아 뒷산에는 작은 돌무더기가 생겨났다. 뜻밖의 일이 일어난 것은 그로부터 며칠 뒤였다. 여자의 돌무더기가 소원을 이뤄주는 푸른 돌탑이라고 소문이 난 것이다. 동네 사람들은 여자의 돌 앞에 서서 중얼거리며 소원을 빌었다. 그뿐만 아니라 그들은 돌 앞에서 이를 드러내고 웃으며 사진을 찍었고, 기를 전해 받는답시고 돌 위에 손을 얹기도 했다. 여자는 그들 모두에게 깊은 혐오감을 느꼈으나 할 수 있는 일이라고는 그저 방 안에 앉아 이제껏 뱉은 돌 중 가장 커다랗고 차가운, 바위만 한 돌덩이를 뱉어놓고 그것을 우두커니 바라보는 것뿐이었다. 여자의 집에는 다시 돌이 쌓여

가기 시작했다. 그러던 어느 날 여자는 결심이라도 한 듯 모두가 잠든 새벽에 뒷산을 찾아갔다. 막상 돌무더기 앞에 선 여자는 크게 당황했는데, 그사이 사람들 손을 타서인지 돌무더기가 정말로 어엿하고 근사한 탑이 되어 푸르게 빛나고 있었기 때문이다. 홀린 듯이 돌탑을 바라보던 여자는 두 눈을 감았다. 여자는 마음속으로 소원을 빌기 시작했다. 여자는 사람들이 돌탑에 대고 빈 소원들이 이루어지지 않게 해달라고 빌었다.

마지막 문장을 읽는 순간 헛웃음이 나다가 돌연 쓸쓸해졌다. 유미 씨는 자신의 글을 일기라고 했다. 그 때문인지 글을 읽는 동안 자꾸만 돌탑 앞에서 눈 감고 기도하는 유미 씨 얼굴이, 낙타가 아니라 기억 속에서 가물가물한 유미 씨의 진짜 얼굴이 떠올랐다. 게다가 첫 번째 소설에서 묘사된 커튼은 유미 씨 집 거실 커튼의 모습과 정확하게 일치했다.

유미 씨, 어떤 기분이었을까? 이런 상상을 하고 그것을 녹음해가면서 혹이 가라앉았다니. 유미 씨의 글은 많은 것이 생략되어 있으면서도 진솔하다는 느낌을 주었고, 느닷없이 시작되어 갑작스럽게 끝나버리는 만큼 자유로웠다. 읽을 사람을 염두에 두고 쓰지 않아서 그런 걸까. 딱히 내색하지 않는 성격이 글에서도 드러나는 걸까.

유미 씨 글을 읽고 있으면 어쩐지 시나리오를 쓰던 때가 떠올랐다. 〈초록 고래〉 이후로 완전히 절필했던 것은 아니었다. 꼼짝없이 못 쓰던 시간이 지나간 뒤, 송주와 같이 살게 되면서 새로운 작품을 시도했었다. 〈초록 고래〉와는 다른 장르의, 전혀 다른 이야기였다. 나는 이전과 같은 실수를 반복하지 않으려 했고, 〈초록 고래〉가 나의 전부가 아니라는 사실을 사람들에게 알리고 싶었다. 시나리오가 완성되었을 때는 함께 작업했던 영화감독에게 찾아가 원고를 보여주었다. 다음번에 만나자 그녀는 내 어깨를 부드럽게 주물러주며 말했다. 힘 풀어, 도연 씨. 힘 풀어.

힘을 푼 글이 눈앞에 있었다. 비문투성이에, 때로는 문장이 완성조차 되어 있지 않았지만, 유미 씨 글은 생생하게 살아 있었다. 그때의 내가 이 글을 읽었다면 어땠을까. 무언가 깨달았으려나. 나는 무릎을 끌어안은 채 가만히 앉아 있었다. 이상한 생각이, 그러니까 이 년 만에 처음으로 다시 글을 써보고 싶다는 생각이 들었다. 나는 눈앞의 머그잔을 움켜쥐고는, 고개 드는 마음 위로 연신 술을 따라 부었다. 그것이 다시 잠기고 가라앉을 수 있도록, 계속해서.

*

　　다음 날은 간밤에 폭음한 탓에 알람을 듣지 못했다. 눈을 떴을 때는 약속 시간 십 분 전이었다. 황급히 위층으로 뛰어 올라가 초인종을 누르자 곧바로 문이 열렸다. 죄송해요, 늦잠을 잤어요. 유미 씨에게 사과한 다음 집으로 돌아와 현관문을 여는 순간 도로 닫고 싶었다. 현관에서부터 술 냄새가 코를 찔렀다. 애써 태연한 척 안으로 들어가 보니 이번에는 부엌 식탁이 잔뜩 어질러져 있었다. 나는 유미 씨를 거실로 안내한 다음, 급한 대로 창문을 열고 식탁에 놓인 술병을 치웠다. 공사가 끝나는 대로 돌아올게요. 내가 말했다.

　　관을 교체하는 데 두세 시간 정도 걸립니다. 수리 기사가 말했다. 그러면 끝인가요? 그럼요. 그 말은 며칠 내로 벽지만 마르고 나면 송주가 오기 전까지 집의 원상 복구가 가능하다는 뜻이었다. 공사하시는 동안 집 근처에 있어도 될까요? 끝나기 오 분 전에 전화 주시면 바로 올게요. 기사는 그렇게 하라고 대답했다.

집 앞 슈퍼에서 알배추 한 상자를 사 들고 집으로 돌아가자 유미 씨가 놀랐다. 어떻게 벌써 왔어요? 공사가 끝나면 연락 주신대요. 내가 상자에서 알배추를 꺼내며 대답했다. 알배추네요, 하고 유미 씨가 중얼거렸다. 지난번에 간에 기별도 안 갔다고 말씀하셨던 게 생각나서요. 나는 잠시 기다려달라고 말한 뒤 부엌부터 청소했다. 실은 지저분한 부엌이 신경 쓰인 나머지 일찍 돌아온 것이었다. 식탁 정리에 설거지까지 마치고 나서야 나는 차분해진 마음으로 배추를 씻을 수 있었다. 열두 포기 중 하나는 전으로 부칠 생각이었다. 단단한 배춧잎을 한 장씩 떼어내던 중, 긴장이 풀려서인지 숙취가 몰려왔다.

나는 거실에 앉아 있는 유미 씨를 바라보았다. 유미 씨는 창밖을 보느라 이쪽에 관심이 없는 듯했고, 나는 시선을 돌려 부엌 찬장을 바라보았다. 작고 불투명한 저 문 너머에는 개봉하지 않은 조니워커 블랙이 있었다. 몇 모금이면 지금의 두통과 메스꺼움을 가라앉힐 수 있을 것이다. 한 모금만 할까, 딱 한 모금만? 끈질긴 통증과 그보다 더 끈질기게 이어지는 갈등. 유미 씨

의 고요하고 커다란 뒷모습을 바라보며 한참 고민하다
가, 팬에 배춧잎을 올렸다. 수리 기사가 말한 두 시간은
금세 지나갈 것이었다. 나는 계속해서 마음을 다잡았
다. 그 순간 유미 씨가 처음으로 고개 돌려 나를 바라보
며 말했다. 맛있는 냄새가 나요.

　　우리는 거실 바닥에 나란히 앉아 배추전을 나
누어 먹었다. 유미 씨 몫의 생배추 열한 포기 또한 쟁반
가득 담겨 있었다. 따뜻한 음식은 오랜만이네요. 유미
씨의 말에 나는 전을 조금 더 부칠까요? 하고 물었다.
유미 씨는 이것으로 충분하다고 했다. 젓가락 없이 잘
먹을 수 있을까 내심 걱정했지만, 유미 씨는 먹는 데 아
무런 지장이 없었다. 살면서 먹어본 전 중에 가장 맛있
어요. 유미 씨가 전을 한 입 먹어보더니 말했다. 갓 부친
배추전은 뜨거웠고, 한 김 식힌 다음 입 안에 넣자 고소
하고 달큼한 맛이 났다. 그러나 음식이 들어가는 순간
속이 더 안 좋아져서, 나는 유미 씨가 눈치채지 않게 조
용히 젓가락을 내려놓았다.

　　유미 씨가 생배추 씹어 먹는 소리는 듣기 좋았
다. 그 소리를 가만 듣다가, 나는 유미 씨에게 소설을
잘 읽었다고 했다. 유미 씨는 씹던 것을 멈추고 나를 바

라보았다. 벌써 다 읽었어요? 네, 재미있어서 단숨에 읽었어요. 유미 씨는 무척 쑥스러워하며 고맙다고 대답했다. 빈말 아니에요. 내가 말했다. 유미 씨 글은 생략된 내용이 많잖아요. 여자가 커튼을 남편이라고 생각하게 된 계기라든가, 돌을 뱉는 여자가 무엇 때문에 슬픈지에 대한 설명도 전혀 없고요. 반면에 커튼과 푸른 돌은 생김새와 특징, 심지어 감촉까지 세세하게 묘사하셨잖아요. 그러니까 주인공의 슬픔이 더 와닿았어요. 결이 다른 슬픔들이 전부 느껴졌어요.

나는 유미 씨에게 좋았던 장면들도 말해주었다. 아내가 남편을 모자로 만들고 나서 처음 한 일이 고작 슈퍼에 가서 수박을 고르는 것이었다는 게 좋았다고. 돌을 뱉는 여자가 만들어놓은 돌무더기에 사람들이 찾아와서 소원을 빌기 시작한 것이 슬프고 재밌었다고. 그러고 보니 참 이상하네요. 유미 씨의 글은 아무것도 말해주지 않는 것 같으면서도, 읽고 나면 무언가 전달받았다는 느낌이 들어요. 유미 씨는 무슨 일이 일어났는지 구체적으로 쓰고 싶지 않았다고 대답했다. 그럼에도 무언가 전달되었다니 다행이네요.

대화 도중 수리 기사에게서 전화가 걸려 왔다.

공사가 일찍 끝난 줄 알았는데, 뜻밖에도 추가 누수가 발견되었다고 했다. 공사가 길어진대요. 전화를 끊고 나서 유미 씨에게 전했다. 뒤에 일정이 있으신가요? 유미 씨가 물었다. 아니요, 일정은 무슨. 지난 이 년간 나는 사람들을 만나지 않았다. 술을 마시고 기억조차 나지 않는 실수를 몇 번 저지른 이후로 내 쪽에서 먼저 도망친 것이었다.

입맛이 없으신가 봐요. 거의 안 드셨네요. 말수가 줄어든 나를 살피며 유미 씨가 말했다. 원래 아침을 잘 안 먹어서요. 그렇게 대답했지만 실은 숙취가 점점 심해지고 있었다. 가만히 앉아 있는데도 뱃멀미하듯 어지러웠고 머리가 깨질 듯이 아팠다. 젓가락질할 때 떨리던 손을 유미 씨가 봤을까 봐 신경이 쓰이기도 했다. 초조한 나머지 손에 쥔 휴지를 아주 작은 네모가 될 때까지 접었다가 펼치길 반복했다. 공사가 지연된 것은 반가운 소식이 아니었다. 나는 양팔로 무릎을 감싸 안은 다음 그 위로 고개를 묻었다. 도연 씨, 괜찮아요?

유미 씨의 걱정 어린 시선이 느껴져서 나는 고개 숙인 채로 입을 열었다. 유미 씨는 좋은 작가가 될 수 있을 거예요. 되는대로 내뱉은 말이었지만 진심이었다.

나는 유미 씨의 글이 진심으로 좋았다. 그러나 유미 씨는 작가가 되고 싶은 생각은 없다고 했다. 그럴 만한 재능도 없고요. 돌 뱉는 여자가 나오는 글은 완성하는 데만 꼬박 일 년이 걸렸어요. 결말을 계속 고쳤거든요. 처음에는 여자가 사람들의 소원이 전부 반대로 이루어지길 빌었다고 썼어요. 그러고 나니까 영 찜찜하더라고요. 마음이 약해진 나머지 여자가 사람들의 소원이 이루어지길 빌었다고 고쳐 쓰니까, 그건 제 글이 아닌 것 같았고요. 지금의 결말로 정해지기까지 꼬박 일 년이 걸렸어요.

다르게 생각해보면, 하고 내가 고개를 들며 말했다. 유미 씨 마음을 최대한으로 담아낼 수 있을 때까지 다시 쓸 수 있다는 점이 다행이지 않나요. 유미 씨는 나를 물끄러미 바라보다가 도연 씨는 왜 글을 쓰지 않아요? 하고 물었다. 대답을 망설이는 사이 커다란 드릴 소리가 위층에서 들려왔다. 한참 만에 소음이 잦아들었을 때 나는 유미 씨에게 말했다. 자유롭게 쓰는 방법을 잊었어요.

앞으로도 글을 쓸 생각이 전혀 없어요? 유미 씨가 되물었고, 나는 고개를 끄덕였다. 혹시 술 때문인가요? 순간 나는 몸이 아픈 것도 잊은 채 유미 씨를 바라보았다. 그게 무슨 소리예요? 매일 술을 드시잖아요. 아니에요, 최근 들어 자주 마신 것뿐이에요. 그러자 유미 씨는 차분하게 말했다. 베란다 화분들 사이, 거실 책장 뒤, 도연 씨 방 안 어딘가.

유미 씨가 읊은 곳은 내가 송주의 눈을 피해 술을 숨겨놓는 장소들이었다. 내가 없는 사이 집 안을 뒤지기라도 한 건가? 낙타가 되면 후각이 예민해져요. 내 생각을 읽었는지 유미 씨가 다시 입을 열었다. 낙타는 사막에서 몇 킬로미터 떨어진 곳의 물 냄새도 맡을 수 있으니까요. 그리고 실은 전부터 알고 있었어요. 빌라에서 도연 씨를 마주칠 때면, 인사를 나누지 않더라도 취해 있다는 것은 느껴졌으니까.

나는 할 말을 잃은 채 유미 씨를 바라보았다. 피한다고 해서 모든 것을 숨길 수는 없는 거구나. 하기야 정상인이라면 옷장 속에 술병을 숨긴다거나, 다른 사람과 대화하는 중에 몰래 숨어서 술 마실 생각 따위는 하지 않을 것이다. 수치심이 몰려오는 동시에 맥이 풀렸다. 어쩌면 송주도 다 알고 있는 것이 아닐까? 빤한 거짓말들을 그저 눈감아준 것일지도. 생각이 거기까지 미치자 나는 자리에서 일어났다. 어디 가세요? 유미 씨 또한 엎드려 있던 몸을 일으키며 물었다. 술 마시려고요. 내가 대답했다.

아직 공사도 안 끝났잖아요. 유미 씨는 무척 당황한 듯했다. 한두 잔이면 돼요. 마시면 지금보다 멀쩡해져요. 그러나 유미 씨가 내 앞을 가로막고 선 탓에 부엌으로 갈 수가 없었다. 정작 유미 씨는 자신이 나를 막아서고 있다는 사실을 아는지 모르는지, 한동안 말없이 서 있었다. 그런 유미 씨 얼굴을 마주하자 온갖 감정이 뒤섞였다. 수치심과 분노, 좌절감과 그에 동반되는 이상하게 기대고 싶어지는 마음까지. 이해가 안 되죠? 단 몇 시간도 참지 못하는 게. 내가 물었다. 그러자 유미 씨는 특유의 커다랗고 맑은 눈으로 나를 내려다보며 대답했다. 그럴 리가요. 저는 지금 낙타인데요.

하루하루 잘 살아가다가도 완전한 어둠에 사로잡힐 때가 있다고, 어두운 생각에 몰두해서 자신을 전혀 돌보지 않고, 그런 날들이 길어지다 보면 낙타가 되어버린다고 유미 씨는 말했다. 그럼에도 저는 지금 도연 씨가 참았으면 좋겠어요. 유미 씨는 내 눈을 들여다보며 그렇게 말했다. 길어지는 침묵 속에서 나는 유미 씨를 바라보다가 일단은 자리에 앉았다.

유미 씨도 나를 따라 천천히 무릎을 굽힌 다음 다리를 접어 앉았다. 뒤통수를 바위로 누르는 듯한 묵직한 통증이 느껴졌고, 그래서 당장이라도 일어나 부엌 찬장을 열어젖히고 싶었지만, 나는 간신히 참아가며 입을 열었다. 죽고 싶다는 마음까지는 아니더라도 매일 아침 눈뜰 때마다 사라져버리고 싶다고. 술을 마시고 싶은 마음보다 도망치고 싶은 마음이 더 강하다고.

어째서 송주에게도, 동료들에게도 털어놓을 수 없었던 얘기를 유미 씨 앞에서 하고 있는 걸까? 낙타의 커다란 눈동자에는 진실을 말하게 하는 힘이라도 있는 건가. 거실 유리창을 통과한 빛이 마룻바닥 위로 쏟아지는 것을 바라보다가…… 마음이 걷잡을 수 없이 새어나갔다. 나는 어느 시점 이후로는 글 쓰는 일이 무서워졌다고 고백했다. 시간이 약이라는 말은 거짓말이라고도 말했다. 어떤 상처는 시간이 지나도 전혀 회복되지 않은 채로 남아 있다고.

정말 그래요. 유미 씨가 대답했다. 저도 처음 낙타가 되었을 때 어느 정도 시간이 지나면 사람으로 돌아올 줄 알았는데, 그게 아니더라고요. 석 달 만에 겨우 사람으로 돌아오고 나서는 심한 불면증에 시달렸어요. 또다시 낙타로 변신하게 될까 봐 불안했거든요. 그러던 중 우연히 낙타에 관한 얘기를 하나 들었어요. 낙타는 몇 킬로미터 떨어진 곳의 물 냄새도 맡을 수 있는 동물이잖아요. 먼 곳에 있는 물의 존재를 알고 있으니, 막막해 보이는 사막을 계속해서 걸어나갈 수 있는 거고요. 그런데 몇 킬로미터 내에도 물이 없을 때, 물의 그림자조차 보이거나 느껴지지 않을 때 낙타가 무엇을 하는지 아세요? 유미 씨는 나를 바라보면서 말을 이어갔다. 똑같이 걷는 겁니다. 한 걸음씩. 그 이야기를 들은 뒤로 유미 씨는 잠이 오지 않을 때마다 사막을 한 걸음씩 걸어나가는 상상을 했다고 했다. 그러면 양을 셀 때와는 달리 잠이 왔어요.

계속 걸어도 물이 나오지 않는다면요? 조용히 얘기를 듣던 내가 물었다. 그러면 죽게 되겠죠. 예의 그 덤덤한 투로 유미 씨가 대답했다. 그렇지만 우리가 살아 있는 한, 최대한 물에 가까워지게 걷는 거죠. 도연 씨도 저에게 비슷한 얘기를 들려주셨잖아요. 언제 그런 얘기를 했더라? 속으로 생각하다가 떠올랐다. 퇴고 얘기였구나.

한 걸음씩 걷다 보면 상처로부터 훌쩍 멀어져 있을 때가 있어요. 이것은 유미 씨의 말. 그 말이 정말일까. 정말이라면 유미 씨와 나는 지금 어디쯤 와 있는 걸까, 가늠해보던 중 유미 씨가 덧붙였다. 적어도 도연 씨 손은 좀 더 부드러워질걸요. 마음이 편안해지면 청소도 덜하게 될 테니까. 그 말에 나는 한 손으로 다른 손을 움켜쥐었다. 손은 또 언제 본 거지? 각종 청소 약품들로 인해 습진이 생긴 손은 붉게 트고 갈라진 지 오래였다. 글에서도 느꼈지만 유미 씨는 관찰력이 좋구나.

몸은 좀 어때요. 유미 씨가 나에게 다시 물었다. 여전히 아프지, 머리는 무겁고 속은 울렁거리고. 그러나 나는 괜찮다고 대답했다. 바닥 말고 소파에 편히 앉아요. 아니면 저한테 기댈래요? 커다란 동물한테 기대면 좋은 호르몬이 나온다던데. 유미 씨가 나에게 가까이 붙어 앉으며 물었다. 방금 지어낸 말 아니에요? 내가 되물었다. 속고만 살았어요?

됐다고 말해놓고는 곧 유미 씨에게 기대어 앉았다. 속이 울렁거린 나머지 참을 수가 없었다. 등허리에 난 상처를 피해 기대어 앉자 단단한 혹이 머리에 닿았고, 동시에 낙타의 따뜻한 체온이 느껴졌다. 유미 씨가 숨을 들이쉬고 내쉴 때마다 부푸는 몸, 가라앉는 몸. 좋은 호르몬이 나오는지는 잘 모르겠으나, 당장이라도 일어나 부엌 찬장을 열어젖히고 싶은 마음만은 가라앉았다. 나는 느리고 일정한 낙타의 심장 박동을 듣는 데만 집중했다.

〈초록 고래〉에도 타인의 심장 박동을 듣는 장면이 있었지. 지금과는 전혀 다른 맥락이었지만. 사기꾼에 의해 삶이 무너진 피해자들이 가해자의 아이를 납치하는 장면이었다. 주인공은 마취약을 묻힌 손수건으로 아이를 기절시키려 했는데, 입을 막고 아무리 기다려도 아이는 기절하지 않았다. 하는 수 없이 손수건을 떼어냈을 때 아이는 뒤돌아서서 주인공을 보며 말했다. 심장이 빨리 뛰시네요.

〈초록 고래〉의 장면을 떠올리자 또다시 부끄러움이 밀려들었으나 이번만은 피하지 않았다. 삼 년이 넘도록 잊으려 애썼던 영화 속 장면들이 어제 본 듯 생생하게 떠올랐다. 〈초록 고래〉는 복수극이었다. 주인공은 복수를 위해 사기꾼의 뒤를 캐다가 자신과 같은 피해자를 한 명 더 만난다. 그와의 관계가 깊어지면서 복수심은 희미해져버리고, 계속해서 지연되던 복수는 끝내 실패하고 만다. 사람들은 복수가 지연되는 과정이 지루하다고 했고 특히나 결말을 마음에 들어하지 않았다. 그렇지만, 하고 나는 잠시 생각했다. 어떤 복수는 복수하지 않음으로써 완성되지 않나.

무슨 생각해요? 〈초록 고래〉 생각이요. 어디서 들어본 이름인데. 인터넷에서 욕 많이 먹었던 영화요. 아, 맞다. 그거 제가 만든 영화거든요. 유미 씨가 내 눈치를 살피는 것을 느끼며, 나는 말을 이어갔다. 거기에 이런 대사가 나와요. 마음이 천 갈래 만 갈래 찢어진다는 말의 의미는 하나의 마음이 그토록 무수히 찢어졌다는 뜻이 아니라, 낱낱이 다른 천 개의 슬픔과 만 개의 슬픔이 생겨났다는 뜻이라고. 어젯밤에 유미 씨 글을 읽으면서 그 대사가 생각났어요. 유미 씨 글에서도 여러 결의 슬픔이 느껴져서요.

영화 찾아봐도 돼요? 안 돼요. 그러고 보니 누군가에게 영화 얘기를 먼저 꺼낸 것은 처음이었다. 〈초록 고래〉의 주인공은 어느 날 수족관에서 자신이 지금 보고 있는 것이 환각이라는 사실을 깨닫는다. 수족관에서 헤엄치는 고래가 초록색이었기 때문이다. 두 눈을 감자 거대한 초록 고래, 화면 가득 느리게 헤엄치는 초록 고

래가 떠올랐다. 내가 그 장면을 가장 좋아했었다는 사
실이 생각났다. 시간이 얼마나 지났을까. 금속관이 달
각거리는 소리, 단단한 벽이 긁히는 듯한 소리가 나를
상상에서 현실로, 유미 씨 옆으로 돌아오게 했다. 늦어
도 오늘 저녁에는 새로운 관이 연결될 것이다. 물이 더
는 새어나가지 않을 것이고, 따뜻한 물은 배관을 타고
돌아 필요한 순간에 흘러나올 것이다.

　　유미 씨 몸에 기대어 쉬다가…… 문득 우리를 둘
러싼 침묵의 형태가 바뀌었음을 알았다. 무거운 장막이
걷히고 차분히 쏟아지는 부드러운 침묵. 정말 좋은 호르
몬이라도 나오고 있는 건가, 따뜻한 빛에 몸을 적시자
마음이 편안해졌다. 유미 씨, 지금도 소설을 쓰나요? 내
가 기댄 채로 조용히 물었다. 제가 쓴 글을 소설이라고
부를 수만 있다면, 네, 쓰고 있어요. 유미 씨가 대답했다.
다음 소설도 완성되면 보여줄 수 있나요? 읽고 싶어서
요. 잠시 뒤에 나는 다시 유미 씨, 하고 물었다. 지금 무
슨 생각해요? 왜요? 혹이 말랑말랑해지는 것 같아서요.
그러자 유미 씨는 한참 만에 대답했다. 저도 느껴져요.

사
려
깊
은
밤,
푸
른
돌

범인은 근처에 있다

빌라 CCTV 좀 확인해볼 수 있을까요? 추적추적 비 내리는 여름밤, 나는 빌라 화단 앞에서 집주인 겸 빌라 관리인에게 전화를 걸어 물었다. 무슨 일인데요? 사고 났어요? 잠결에 전화를 받았는지 집주인은 잠긴 목소리로 되물었다. 장국영이 사라져서요. 장국영이 사라졌다고요? 아, 제가 기르는 야자나무 이름이 장국영입니다. 그러자 아이씨…… 하는 소리가 휴대폰 너머로 들려왔다. 알겠으니 내일 아침에 다시 얘기합시다. 전화를 끊고 시간을 확인해보니 새벽 한 시였다. 이런.

　　　장국영은 정확히 말하자면 홍콩야자나무로, 이 년간의 반지하 생활과 불규칙한 급수 주기에도 불구하고 잘 자라왔으나 며칠 전부터 시름시름 앓았다. 줄기가 늘어지고 잎이 자꾸만 말라붙었다. 이대로는 안 되겠다 싶어서 식물에게 보약이라는 빗물을 맞히려 한 것이 화근이었다. 집 앞 화단에 내놓은 지 한 시간 만에 장국영은 납치당했다. 나는 우산을 쓴 채 주위를 둘러보았다. 외부인이 이곳까지 들어오는 경우는 드물었으니 납치범은 이웃 주민일 확률이 높았다.

　　　한참을 서성이다가 집에 돌아오자 허전해진 거실 한구석이 나를 기다리고 있었다. 마룻바닥에 남은 동그랗고 옅은 화분의 테. 그것을 가만 들여다보고 있자 오한이 났다. 나는 재빨리 손으로 입을 막은 다음 허리를 앞으로 숙였다. 평소보다 강하게 목구멍이 조여왔고, 몇 번의 구역질 끝에 나는 손바닥 위로 돌 한 덩이를 토해냈다. 갓 태어난 슬픔은 언제나 그렇듯 차갑고도 새파랬다.

*

　　처음 돌을 토한 것은 작년 겨울이었다. 어느 날 퇴근하고 돌아오자 집 안 공기가 묘하게 달라져 있었다. 신발을 벗으며 영하야, 하고 불렀지만 대답이 없었다. 나는 저녁밥을 먹으면서 영하를 기다렸고 거실 소파에 앉아 텔레비전을 보면서 영하를 기다렸다. 그날 밤 영하의 휴대폰은 내내 꺼져 있었다. 밤을 꼬박 새우고 나서야 나는 욕실 컵에 담긴 칫솔이 두 개가 아닌 하나임을, 옷장이 거의 비어 있음을, 생활비 통장이 사라졌음을 깨달았다.

　　영하가 떠났구나. 그렇게 생각하면서도 나는 계속 소파에 앉아 영하를 기다렸다. 출근하지 않았고 밥도 먹지 않았다. 소파에서 일어나는 순간 마주하게 될 현실과 부딪칠 자신이 없었다. 이대로 영하가 돌아오지 않는다면 어떻게 해야 할까? 지난 칠 년간 내 삶의 초점은 영하를 벗어난 적이 없었는데. 불안이 차오를 때마다 나는 현관문을 바라보았다. 현관문이 열리고 영하가 걸어 들어오는 상상을 반복하면서.

　　꿈속에서조차 현관문을 바라보고 있던 어느 새

벽, 가슴에 번개가 내리치는 듯한 통증과 함께 잠에서 깨어났다. 갑작스러운 통증에 숨쉬기가 어려웠고 온몸이 떨릴 만큼 추웠다. 화장실에 갈 새도 없이 나는 침대 위에서 구역질을 했다. 무언가 차갑고 단단한 것이 몸속에서 밀려 나오는 듯한 느낌이 들었다. 이게 뭐지. 잠시 뒤에 나는 손바닥을 내려다보며 중얼거렸다. 손바닥에는 조금 전 내가 토해낸 것이 분명한, 동그랗고 푸른 돌멩이 하나가 놓여 있었다.

병원에 가야겠다는 생각을 안 해본 것은 아니었다. 그런데 이상하지, 돌을 토하는 동시에 죽을 만큼 괴롭고 슬프던 몸과 마음이 씻은 듯이 나아지는 것이었다. 나는 영하가 떠났다는 사실이 더는 슬프게 느껴지지 않았다. 다만 지난 며칠간의 긴장이 풀리면서 심한 피로가 몰려왔을 뿐. 나는 소파에서 천천히 일어나 현관문을 등진 채 방 안으로 들어간 다음, 깊은 잠에 빠져들었다.

꼬박 열 시간을 자고 일어났을 때, 나는 손에 쥐어진 푸른 돌을 보며 간밤의 일을 상기했다. 그러나 영하가 곁에 없다는 사실만은 변함이 없었고, 그 사실이 아프게 와닿는 것과 동시에 나는 또다시 돌을 토해냈다. 이번에도 역시 불안과 슬픔이 눈 녹듯이 사라졌다.

　　그것이 시작이었다. 나는 슬픔을 느낄 때마다 돌을 토했고, 나중에는 슬프다는 감정을 느끼기도 전에 몸이 알아서 먼저 돌을 토해냈다. 영하를 생각할 때, 텔레비전에서 슬픈 장면이 흘러나올 때, 심지어는 쉬는 날 오후 침대에 가만 누워 있다가도 돌을 토했다. 돌을 뱉고 나면 짧게는 반나절에서 길면 사흘 동안 슬픔이 말끔하게 사라졌다. 나는 그 시간 동안 밀린 집안일을 하거나 미용실에 출근해서 손님들의 머리카락을 잘랐다. 영하 없이도 일상을 유지할 수 있다니. 돌을 토하는 것이 병이라면, 나는 영원히 낫고 싶지 않았다.

　　장국영이 납치된 다음 날 아침, 집주인과 나는 관리실에 나란히 앉아 CCTV 녹화 화면을 돌려보았다. 어젯밤 자정에서 한 시 사이였어요. 내가 말했다. 늦은 시간인 데다가 비까지 내려 화면이 흐릿했지만 우산 쓴 사람들이 오가는 모습이 보였다. 자정이 조금 넘자 내가 장국영을 화단에 내려놓는 장면이 나왔다. 오밤중에 왜 바깥에 화분을 내놨대요? 집주인이 퉁명스레 물었다. 그는 내가 간밤에 잠을 깨운 것이 여전히 못마땅한 눈치였다. 그러게요. 내가 화면에서 눈을 떼지 않은 채 대답했다.

어어, 이 사람 수상하네. 집주인이 빨리 감기 하던 화면을 되감으며 말했다. 집주인 말대로 빌라 화단 앞에 수상하게 멈춰 서는 사람이 보였다. 그는 가만히 서서 어두운 화단을 응시하다가, 별안간 한 손으로 장국영을 집어 들고는 홀연히 화면 밖으로 사라졌다. 문제는 빨간 물방울무늬 우산에 납치범의 얼굴이 전부 가려졌다는 것이었다. 커다란 나무를 아주 번쩍 드네. 집주인이 납치범을 보며 중얼거렸다. 그보다 범인이 남자인지 여자인지조차 알 수가 없는데요. 내가 말했다. 저 정도 체격이면 남자지. 집주인이 대답했다. 다른 각도로 볼 수는 없어요? 근처에 CCTV 더 있잖아요. 내가 묻자 집주인은 곤란한 얼굴을 하며 나머지는 전부 가짜라고 말해주었다. 한 대도 큰맘 먹고 산 거예요. 집주인은 비싸서 어쩔 수 없었다며 어색하게 어깻짓을 했다.

그렇게 되는 바람에 나는 납치범에 대한 그럴듯한 단서 하나 얻지 못한 채 집으로 돌아왔다. 장국영이 사라졌다고 해서 슬프거나 쓸쓸하지는 않았다. 간밤에 뱉은 돌이 근래 토해낸 돌들 중 가장 큼직한 것으로 미루어 보아 내가 꽤나 슬펐구나, 하고 짐작했을 뿐. 그러나 슬픔 없이도 장국영을 되찾아야겠다는 생각만은 분명했다. 장국영은 영하가 유일하게 남기고 간 것이었으니까.

　　오늘은 내가 운영하는 미용실이 쉬는 날이었기에 종일 여유가 있었다. 나는 아침으로 시리얼을 먹으면서 장국영을 계속 생각하다가, 식탁에 놓인 유리병을 들여다보았다. 일 리터짜리 밀폐 유리병은 전날 밤 뱉은 돌을 비롯해 푸른 돌들로 가득 채워져 있었다. 돌들은 대부분 생수병 뚜껑 정도 되는 크기에 둥글넓적한 모양이었는데, 자세히 들여다보면 크기나 빛깔이 조금씩 달랐다. 그래 봤자 푸르다는 사실 외에는 길가에 널린 돌멩이들과 다름없어 보였지만.

　　돌을 밀폐 유리병에 보관하는 이유는 남들에게 폐 끼치지 않기 위해서다. 돌을 토한 지 얼마 안 됐을 때, 한번은 미용실에서 돌을 토한 적이 있었다. 다행히 손님이 아무도 없을 때였고, 나는 급한 대로 카운터 안쪽에 돌을 올려놓았다. 그런데 이상한 일이 일어났다. 미용실에 들어올 때까지만 해도 멀쩡했던 손님들이 시간이 지날수록 표정이 굳고 말수가 줄어들다가 끝내는 엉엉 울기 시작한 것이었다. 죄송해요. 오래전에 제 곁을 떠난 반려견이 생각나서요. 파마하던 손님이 눈물을 훔치며 말했다. 갑자기 수능을 망쳤던 게 떠올라서 괴로워요. 염색하던 손님이 코를 풀며 말했다. 그날은 울적해진 손님들을 달래느라 진이 빠져서 평소보다 일찍 미용실 문을 닫았다. 적막해진 미용실에서 나는 푸른 돌을 손에 쥔 채 다짐했다. 슬픔에는 전염성이 있으니 다시는 사람들 앞에서 돌을 꺼내 보이지 않겠다고.

시리얼을 먹고 나서는 장국영을 되찾을 방법을 생각해보았지만 뾰족한 수가 떠오르지 않았다. 한참을 고민하다가 나는 미용실로 향했다. 미뤄왔던 대청소를 하다 보면 좋은 생각이 떠오를지도 몰랐다. 이 년 전부터 나는 집에서 가까운 거리에 있는 일인 미용실을 혼자서 운영해왔다. 미용실의 이름은 바다. 언젠가 영하가 나에게 했던 말 때문이었다. 없는 것 하나 없는 서울에 바다가 없다는 게 이상하지 않아? 나는 서울에서도 바다가 보고 싶어.

영하를 처음 만난 것은 칠 년 전 겨울, 첫 직장이었던 한 미용실에서였다. 당시 아이돌을 준비하던 영하는 탈색 머리를 유지하기 위해 미용실을 자주 찾던 중 나를 만났다. 그 무렵 나는 늘 궁금했었다. 누군가를 사랑하게 되면 단번에 그것이 사랑임을 알아차릴 수 있을까? 영하를 본 순간 나는 아무런 의심 없이 질문에 대한 답을 알게 되었다. 그러나 영하와 내가 정말로 만나게 된 것은 그로부터 삼 년이 더 지난, 영하의 데뷔가 무산되었던 어느 겨울날이었다. 그때 영하는 아주 작고 약해져 있었다. 영하가 그런 상태가 아니었더라도 나와 함께일 수 있었을까. 그 질문 앞에서 나는 매번 자신이 없었다.

열 평 남짓한 가게를 쓸고 닦던 중 종소리가 나며 문이 열렸다. 오늘은 영업하지 않는다고 말하려 했는데 들어온 사람이 산호였다. 쉬는 날 아니었어요? 산호가 나에게 물었다. 쉬는 날이긴 한데 특별히 해줄게요. 내가 대답했다. 산호는 바다를 처음 열었을 때부터 오던 단골이자 내가 영하로 인해 열흘 만에 가게로 돌아왔을 때 가장 반겨준 사람이었다. 내가 돌아오기만을 기다렸다는 산호는 앞머리가 두 눈을 덮고 있었다. 그날 나는 돈을 받지 않고 산호의 머리를 잘라주었다. 처음 봤을 때 중학생이었던 산호는 올해 키가 훌쩍 자란 고등학생이 되었다.

산호는 앞머리를 다듬어달라고 했다. 앞머리 정

도는 혼자서 자르고 싶은데 수전증이 있어서요. 그러면
서 산호는 며칠 전 학교에서 고백받았던 얘기를 들려주
었다. 바닥에 떨어진 여자애 휴대폰을 주워주다가 손을
떨었는데, 그 모습을 본 여자애가 자신을 좋아한다고
착각한 나머지 고백해왔다는 것이다. 그래서 받아줬어
요? 내가 물었다. 아니요. 걔는 지금 내 친구랑 사귀어
요. 그렇게 말하는 산호의 얼굴이 무척 쓸쓸해 보여서
나는 모두가 단번에 사랑을 알아차리는 것은 아니구나,
하고 생각했다. 그날은 산호와 이런저런 얘기를 나누느
라 바빠서 장국영을 되찾을 방법은 결국 생각해내지 못
했다.

일주일이 지나도 납치범 수사에는 아무런 진전
이 없었다. 그사이 주변 빌라들에 장국영을 찾는 전단
지도 붙여보았지만 소용없었다. 미용실에서 수건을 개
는 와중에도 머릿속은 온통 장국영이던 늦은 오후, 해
가 지는 창밖으로 굵은 빗방울들이 툭툭 떨어지고 있었
다. 낮부터 새들이 낮게 날던 이유가 있었구나. 손님도
없는데 오늘은 이만 들어가볼까, 생각하던 중 문이 열
렸다. 정장 차림 여자가 우산을 접으며 안으로 들어오

는 순간, 나는 똑똑히 보았다. 일주일 내내 머릿속을 떠나지 않던 빨간 물방울무늬 우산을.

　　지금 커트 가능해요? 여자는 내 시선을 의식하지 못한 채 물었다. 혹시 이 근처 빌라 주민이세요? 내가 되묻자 여자는 놀란 듯했다. 어떻게 아셨어요? 이사 온 지 얼마 안 됐는데. 며칠 전에 화분 하나 보지 않으셨어요? 이 정도 되는 크기에, 하고 내가 손으로 허리 높이를 가리키며 말했다, 이파리가 우산 모양으로 생긴 나무요. 여자는 본 적 없다고 대답했으나 여자의 체격은 CCTV에 찍힌 납치범과 무척 닮아 있었다. 170센티미터가 훌쩍 넘는 키에 유달리 넓은 어깨. 정말 기억 안 나세요? 내가 다시 묻자 여자는 우산을 집어 들더니 순식간에 미용실 밖으로 뛰쳐나갔다. 저 여자구나. 저 여자가 장국영의 납치범이었다.

　　제가 그 나무 주인인데요, 책임 물으려고 하는 거 아니에요. 그냥 돌려만 주세요. 내가 여자를 뒤쫓아가며 소리쳤다. 여자는 내가 비 맞으며 쫓아오는 모습을 보고는 당황한 기색이었다. 나는 그때를 놓치지 않고 애원했다. 의미가 있는 나무예요. 제발 돌려주세요. 그러자 여자는 비로소 걸음을 멈추고는 말했다. 의미 있는 나무를 그렇게 다 죽여놔요? 그래서 비 맞히려고 밖에 내놓은 건데 가져가버리셨잖아요. 내가 숨을 몰아 쉬며 대답하자 여자는 내 앞으로 다가와 우산을 씌워주 며 물었다. 그 말 지킬 수 있어요? 나한테 아무 책임도 묻지 않겠다는 말. 뉘앙스가 미묘하게 달라진 듯했지 만, 여자의 우산 아래서 나는 그러겠다고 약속했다.

　　우리는 여자의 집까지 우산을 나눠 썼다. 빗물 에 젖은 팔이 여자에게 닿지 않도록 조심하려 했으나 자꾸만 실패했다. 정작 여자는 내 팔이 닿아도 신경 쓰 지 않는 눈치였지만. 잠시 뒤 여자는 어느 빌라 앞에서 멈춰 섰는데, 내 짐작대로 여자가 사는 빌라는 우리 집 에서 엎어지면 코 닿을 거리에 있었다. 지난주에 내가 출입문에 붙여놓은 전단은 그새 누군가 떼어버렸는지 보이지 않았다. 여자는 나에게 일 층에서 기다리라고 했다. 같이 올라가요. 내가 말했다.

　　집 안까지 들어올 생각은 아니죠? 여자가 빌라 계단을 오르면서 물었다. 내가 고개를 끄덕이자 여자는 사 층에 멈춰 서더니 혼자 집 안으로 들어갔다. 나는 계 단참에서 여자가 다시 나오기를 기다렸다. 빗물에 젖은 어깨와 머리카락이 축축했고, 현관문 너머로 여자가 움직이는 소리가 희미하게 들려왔다. 여름 특유의 비릿한 물 냄새와 습한 공기 때문일까, 지금의 상황은 어쩐지 영 현실감이 없었다. 잠시 뒤 현관문이 열리고 여자가 장국영을 들고 나왔다. 여자는 빨간 물방울무늬 우산을 함께 건네주며 말했다. 이번에는 잘 키워봐요.

집에 돌아와서 장국영을 살펴보니 걱정했던 것이 무색할 만큼 상태가 좋았다. 일주일 사이 잎이 파릇파릇해진 데다가, 기운 없이 늘어져 있던 줄기도 기운을 되찾았다. 장국영이 돌아왔구나, 그것도 건강해진 모습으로. 안도감이 드는 동시에 참았던 화가 밀려왔다. 여자가 사과는커녕 이번에는 장국영을 잘 키워보라며 빈정거렸을 때, 나는 어째서 아무 말도 하지 못했을까? 그날 밤에는 여자에 대한 분노와 장국영을 옮기느라 생긴 근육통 때문에 도무지 잠이 오지 않았다. 돌이라도 뱉어낸 다음 잠들어버리고 싶었으나 돌은 슬픔이 아닌 분노에는 그다지 반응하지 않았다. 나는 분노에 휩싸여 밤새 여자에게 복수할 계획을 세웠고, 다음 날 퇴근길에는 다이소에 들러 가짜 선인장을 하나 샀다.

그날 저녁, 우산을 돌려주기 위해 찾아갔을 때 여자는 다행히 집에 있었다. 그새 다른 미용실에 다녀

왔는지 어젯밤보다 머리 길이가 짧아진 채였다. 나는 우산과 함께 선인장을 내밀었다. 선물이에요. 장국영 대신에 잘 키워보세요. 여자는 고맙다고 하며 선인장을 받으면서도 장국영에 대한 사과는 끝까지 하지 않았다.

넌 저렇게 재수 없는 사람이 뭐가 좋다고 얼굴이 폈어? 집에 돌아온 내가 장국영에게 물었다. 장국영은 언제나 그렇듯 묵묵부답이었지만, 상관없었다. 나는 이미 복수를 마친 상태였으니까. 조금 전 여자에게 준 선인장 화분 안에는 장국영이 사라졌던 날 내가 토해냈던 돌이 숨겨져 있었다.

여자를 다시 본 것은 그로부터 며칠이 지난 늦은 저녁이었다. 미용실 앞을 비틀거리면서 지나가는 여자를 보고 나는 밖으로 나갔다. 예상대로 여자는 만취한 상태였다. 많이 마신 것 같은데 집에 갈 수 있겠어요? 내 물음에 여자는 괜찮다며 손을 내저었지만, 정작 눈도 제대로 뜨지 못하는 상태였다. 나도 마침 퇴근할 생각이었으니까 같이 들어가요. 나는 정리 중이던 미용실 문을 닫고 여자를 부축했다. 여자가 과음한 이유는 높은 가능성으로 내가 준 돌 때문일 것이다. 막상 여자가 힘들어하는 모습을 보니 마음이 좋지 않아 당황스러 웠다. 내가 장국영을 잃어버렸을 때 느꼈던 슬픔이 정 말 이 정도였을까?

　도착한 여자의 집도 당황스럽긴 마찬가지였다. 취한 여자가 여러 번 시도한 끝에 도어 록을 열자 신발 장에는 다양한 사이즈의 남녀 구두들이 널브러져 있었 다. 혼자 사는 줄 알았는데 아니었나? 정작 집 안에는 아무도 없었다. 나는 어질러진 거실과 부엌을 지나서 방 안으로 들어가 여자를 침대에 눕혔다. 목마르다는 여자의 말에 부엌으로 가보니 각종 카페 로고가 그려진 머그잔들이 찬장을 가득 채우고 있었다. 나는 그중에서 흰색 무지 머그잔을 집어 들었다.

　최근에 무슨 일 있었어요? 물을 건네주며 물었 을 때 여자는 고개를 내저었다. 여자가 물 마시는 동안 나는 침실 창문을 열었다. 환기와 수분 섭취는 슬픔이 빠져나가는 데 도움이 되었다. 그런데 그건 어땠어요? 내가 전에 준 선인장. 나는 갑자기 생각났다는 듯 물었 다. 여자는 방구석 어딘가를 가리켰고, 그곳을 보니 선 인장이 옷가지와 뒤섞인 채 바닥에 놓여 있었다. 물을 다 마신 여자는 자려는지 눈을 감았다. 나는 방이 환기

될 때까지 기다렸다가 창을 닫고 에어컨을 틀었다. 그 소리에 깬 여자가 눈을 떴다. 우울할 때 하면 나아지는 거 있어요? 내가 물었다. 아니요. 여자가 대답했다. 그래도 자고 일어나면 한결 나아질 거예요. 따뜻한 물로 씻고 햇빛 많이 봐요.

선인장 때문이었나? 내가 그렇게 우울해졌던 게. 집에 가려고 일어나다가 여자의 말에 멈칫했다. 선인장을 받은 뒤로 내 상태가 영 별로였거든요. 여자가 덧붙였다. 선인장 때문이라고 생각하세요. 나는 애써 덤덤한 척 대답했다. 그러자 여자는 농담이라고 했다. 선물 고마워요. 나가기 전 나는 여자에게 잘 자라고 인사했다. 여자 모르게 선인장을 챙기는 것 또한 잊지 않았다.

비밀의 등가교환

그런데 돌이 없었다. 선인장 화분을 뒤집어엎어 보기까지 했지만 돌은 감쪽같이 사라지고 없었다. 어디로 간 거지? 설마 흙에 흡수라도 됐나? 다음 날 날이 밝

는 대로 다시 찾아가자 여자는 초인종을 누른 지 한참
만에 나왔다. 죽었나 살았나 확인해보려고 왔어요? 여
자가 하품하며 물었다. 그게 아니라, 선인장 화분 안에
있던 돌 못 봤어요? 내가 다급히 묻자 여자는 손에 쥐고
있던 돌을 보여주며 이거 말하는 거냐고 했다.

　　그거 저 주세요. 여자가 돌을 만지고 있다는 사
실에 기겁하며 내가 말했다. 이거 찾으려고 선인장을
가져갔어요? 여자가 물었다. 그제야 내가 선인장을 몰
래 갖고 왔다는 사실이 생각났다. 미안해요. 선인장은
꼭 돌려줄 테니까 그 돌부터 이리 주세요. 그러나 여자
는 내 말을 무시한 채 나를 빤히 바라보며 물었다. 가짜
선인장 같아서 뿌리를 확인해보려다가 발견한 건데, 이
돌 뭔가 이상한 거 맞죠? 나는 여자의 손에 쥐어진 푸른
돌을 바라보았다. 긴 침묵이 이어지던 중, 나는 그만 울
컥했다.

　　모르는 사람은 평생 모르고 살아갈 테니까. 하
루아침에 소중한 것을 잃는 사람의 마음을 너도 느껴봤
으면 했어. 저기 있는 신발들, 네 거 아니지? 나는 문틈
으로 보이는 신발장을 가리키며 물었다. 찬장에 매장용
이라고 쓰인 머그잔들, 식탁 위 액세서리들은? 여자는

내 말을 가만 듣다가 차분히 되물었다. 그러니까 이 돌이 나한테 소중한 것을 잃어버린 기분을 느끼게 해준다고? 여자는 나에게 안으로 들어와서 얘기하자고 했다. 거절하자 여자는 돌을 방송에 제보하겠다고 했다. 〈VJ 특공대〉 아니면 〈그것이 알고 싶다〉가 좋으려나?

　　　여자의 집은 어젯밤에 봤던 모습 그대로였다. 여자와 나는 각종 우편물과 싸구려 액세서리들, 다 먹은 식빵 봉지가 굴러다니는 식탁에 마주 앉았다. 그쪽이 짐작한 대로 나는 도벽이 있어. 여자가 먼저 입을 열었다. 나한테 설명할 필요 없어. 내가 말했지만 여자는 계속 말을 이어갔다. 그쪽한테 선인장을 받은 날 밤에는 자다가 울면서 깼어. 출근해서 일하는 동안 진정되는 듯하다가도 집에만 돌아오면 다시 눈물이 나더라고. 그런데 이상한 게 뭔지 알아? 식탁에 굴러다니는 큐빅 반지들을 하나씩 손가락에 끼워가며 여자가 물었다. 울고 나면 훔치고 싶은 마음이 사라진다는 거야.

　　　여자는 지난 일주일간 아무것도 훔치지 않았다면서 최장 기록이라고 했다. 일주일이? 하고 되물었다가 돌아온 날 선 눈빛에 나는 입을 다물었다. 이 돌이 훔치고 싶은 마음을 사라지게 하나 봐. 여자가 푸른 돌을 식탁에 내려놓으며 말했다. 대신에 엄청나게, 하고 여자는 잠시 말을 멈추더니 생각했다. 쓸쓸하지, 슬프고. 내가 대신해서 말했다. 응.

그래도 나한테는 이 돌이 필요해. 이런 돌은 어디서 구하는 거야? 내가 대답하지 않자 여자는 다시 입을 열었다. 아니면 내가 그쪽한테 여러 개 살게. 며칠 지나니까 효력이 떨어지더라고. 그 돌은 파는 게 아니야. 나는 거절했다. 차라리 병원에 가봐. 상담을 받든가. 아니, 나한테는 그 돌이 필요해. 여자가 진지한 얼굴로 대답했다. 나는 한숨을 내쉰 다음 식탁에 놓여 있던 푸른 돌을 집어 들었다. 나 출근해야 해. 저녁에 다시 얘기하자. 여자는 얼마든지 기다리겠다면서, 붉은색 큐빅 반지 하나를 손에서 빼내어 내 왼손 약지에 끼워주었다.

그날따라 바다에는 파마 손님과 매직 손님이 번갈아가며 찾아왔다. 곱슬머리는 직모로, 직모는 곱슬머리로 바뀌가며 혼란스러운 마음으로 보내는 하루. 여자의 부탁을 무시하면 그만 아닐까 싶다가도 내가 자초한 일이라고 생각하면 마음이 무거워졌다. 기나긴 고민 끝에 나는 집으로 돌아와 유리병 뚜껑을 열었다. 돌을 주기로 결심한 이유는 무엇보다 여자에게 미안했기 때문이었다. 아침에 언성을 높이던 순간 깨달았다. 나는 오래전 영하에게 쏟아냈어야 할 감정을 여자에게 대신 쏟아내고 있었다.

　　나는 개중에 작은 돌 하나를 집어 들었다. 백 원짜리만 한 크기의 돌은 별다른 일 없이도 무기력해지는 밤에 종종 나오곤 했었다. 이보다는 조금 더 큼직한 돌이 나오려나? 이게 뭐 하는 짓인가 싶으면서도 나는 심혈을 기울여 적당한 크기의 슬픔을 하나 골라냈다. 집에서 나오기 전에는 장국영의 상태를 확인했다. 집으로 돌아온 지 일주일 만에 장국영은 어쩐지 다시 기운을 잃은 듯한 모습이었다. 물도 제때 주고 온도도 늘 신경썼는데 무엇이 문제인 걸까. 나는 처진 잎을 조심스레 매만지다가 자리에서 일어났다.

　　돌은 가져왔어? 여자는 나를 보자마자 물었다. 이제 막 퇴근했는지 아직 정장 차림이었다. 나는 돌이 담긴 작은 유리병을 선인장과 함께 건네주었다. 돌을 밖으로 꺼내는 순간 슬퍼질 거야. 내 말에 여자는 식탁에 선인장을 내려놓은 다음 유리병부터 열어보았다. 잠시 뒤 여자는 그러네, 하더니 유리병을 도로 닫았다. 이런 돌은 거래하는 곳이 따로 있지? 그건 말해줄 수 없어. 돌 주는 것도 이번이 마지막이야. 내가 말했다. 이만 가보겠다고 했을 때 여자는 나를 붙잡았다. 잠시만, 보여줄 게 있어.

여자는 방으로 들어가더니 커다란 상자 하나를 꺼내왔다. 상자를 열자 안에는 장갑, 립스틱, 싸구려 목걸이 등 잡동사니로 가득했다. 한눈에 봐도 여자가 훔친 물건들인 듯했다. 이걸 왜 나한테 보여주는 거야? 내가 당황해서 물었다. 나는 이걸 들키는 순간 내 인생도 끝장이라고 생각했거든. 그런데 아무 일도 일어나지 않는다는 게 신기해서. 여자가 상자를 내려다보며 말했다. 여태 한 번도 들킨 적 없어? 응.

이것도 훔친 거야? 내가 치아 교정기를 집어 들며 물었다. 난 걔 덧니가 마음에 들었거든. 여자의 대답에 고개를 내젓다가 나는 다시 물었다. 이 정도 물건들이면 네가 충분히 살 수 있는 것들 아니야? 여자는 갖고 싶어서 훔치는 게 아니라 훔치고 싶어서 훔치는 거라고 했다. 내 나무도 훔치고 싶어서 훔쳤어? 나무는 훔친 게 아니라 불쌍해 보여서 데려온 거야. 다 죽어가는 꼴로 비 맞는 게 안쓰러워서. 잠시 뒤에 여자가 물었다. 왜 갑자기 말이 없어?

여자의 이름은 희조. 나보다 네 살 어렸고, 작년
까지는 실업팀 수영 선수였다. 교통사고로 어깨를 다치
는 바람에 그만두었다고. 도벽은 선수 시절 감독의 스
톱워치를 훔친 것이 시작이었다고 했다. 아무리 해봐도
사고 이전으로 돌아갈 수는 없겠더라고. 홧김에 훔쳤는
데 기분이 좋아지더라. 아무것도 안 했는데 손에 무언
가 쥐어졌다는 게 선물 같고 좋았어.

희조는 수영을 그만둘 때도 울지 않았지만 선인
장을 받은 날 새벽에는 참을 수 없이 눈물이 쏟아졌고,
우는 동안에는 이상하리만치 속이 시원했다고 했다. 곪
았던 게 다 터져 나오는 느낌이랄까. 희조는 덤덤한 얼
굴로 말했다. 희조의 슬픔은 희조 내면 어딘가에 고여
있다가 뜻밖의 방식으로 분출된 듯했다. 그런 식으로
돌이 누군가에게 도움이 되기도 하는 건가, 하고 생각
하던 중 희조가 나에게 물었다. 그러면 내가 지금 느끼
는 슬픔은 내 것이 아닌가? 네가 슬퍼지는 순간부터는
네 슬픔이지. 내가 대답했다. 어렵다. 난 복잡한 건 질색
이라. 그러더니 희조는 크게 기지개를 켰다. 나는 정장
입은 희조를 바라보다가 물었다. 지금은 무슨 일해? 은

행 경비원. 희조가 대답했다.

아침에는 경비하고 저녁에는 훔치는 삶이라니. 이 여자애도 어지간히 엉망이구나. 그러자 문득 최근 들어 상태가 엉망인 장국영이 떠올랐다. 전에 내 야자 나무 말이야, 어떻게 돌봤어? 요즘 다시 기운이 없어 보이는데 원인을 모르겠어. 내 물음에 희조는 그 나무가 왜 그렇게 소중한지 되물었다. 전 애인이 기르던 나무였어. 전 애인한테 미련 있어? 잘 모르겠다고 대답하자 희조는 의외라고 했다. 뭐가 의외인데? 전 애인 생각에 눈물 흘리는 모습이 전혀 상상이 안 가서. 그러고 보니 마지막으로 영하를 생각하면서 돌을 뱉었던 게 언제였더라. 잠깐 생각해보았지만 기억이 나지 않았다.

나무에는 따로 한 거 없어. 거실에 두고 가끔 들여다본 게 다야. 희조가 말했다. 원래 좀 약한 편인가? 아니야. 내가 대답했다. 장국영은 영하가 아이돌을 그만두고 연극배우로 활동하던 시절 소품으로 쓰였다가 공연이 끝나고 처치 곤란해지자 영하가 데려온 것이었다. 반지하에서 지낼 때라 식물은 안 된다는 내 말에 영하는 장국영만큼은 죽지 않을 거라고 자신했다. 빛 한 줄기 들어오지 않는 지하 소극장에서 한 달 넘게 지냈어도 끄떡없었다고. 실제로 영하의 꿈이 연극배우에서 모델, 모델에서 유튜버로 바뀌는 긴 시간 동안 장국영은 잔병치레 하나 없이 잘 자랐다.

그쪽이랑 같이 있기 싫은 거 아니야? 희조는 농담이야, 하고 덧붙였지만 나는 그 말이 정답일 수 있겠다고 생각했다. 아무리 유리병 속에 밀폐되어 있다고는 해도, 한집에서 지내니 새어나가는 슬픔이 있었겠지. 장국영은 나에게서 벗어나고 싶었던 것일지도 몰랐다. 영하가 그랬듯이.

순간 추워지면서 속이 단단하게 뭉쳐왔다. 희조에게 화장실이 어느 쪽인지 물으려 했지만 목소리가 나오질 않았다. 갑작스러운 내 구역질에 놀란 희조가 다가와 등을 두드려주었다. 괜찮아? 체한 거야? 내가 돌을 뱉고 진정된 다음에도 희조는 계속해서 손으로 내 등을 쓸어주었다. 그 손길을 받고 있다 보니 이상한 마음이 들었다. 그러니까 희조에게 돌을 보여주고 싶은 마음이. 희조가 그랬던 것처럼 내 비밀을 내보인 다음 아무것도 아닌 것으로 만들어버리고 싶었다. 그래서 나는 그렇게 했다.

이게 뭔데? 희조가 내 손바닥 위의 돌을 바라보

며 물었다. 내가 방금 토한 거야. 내가 대답했다. 장난치지 마. 정말이야. 눈앞에서 보고도 모르겠어? 몸에서 돌이 나왔다고? 응. 화장실이 어디야? 희조는 얼떨떨한 표정으로 화장실을 가리켰다. 나는 화장실로 들어가 돌을 물로 씻은 다음 희조의 작은 유리병 속에 넣어주었다.

초능력자? 아니면 외계인? 돌이 한 개에서 두 개로 늘어난 유리병을 들여다보며 희조가 물었다. 둘 다 아니야. 작년부터 슬픔을 느끼는 대신에 돌을 뱉게 됐어. 내가 대답했다. 그러면 남들이 언니를 대신해서 슬퍼지는 거야? 그런 건 아닌데, 돌이랑 가까이 있으면 슬픔이 전염되어서 남들 앞에서는 안 꺼내. 너한테는 복수하려고 보냈던 거고.

무서운 사람이었네, 하면서 희조는 유리병을 멀찍이 밀어냈다. 그러면 지금은 슬픔을 전혀 못 느껴? 응. 돌을 토한 뒤로는 마음 대신 몸이 아팠어. 어느 정도 슬픔이 차올랐다 싶으면 몸이 추워지면서 체한 듯한 느낌이 들고, 마지막에는 보다시피 이렇게. 내가 유리병을 툭 건드리며 말했다. 이상하지? 희조는 글쎄…… 하고 뜸을 들이다가 자신에게도 비슷한 것이 있다면서 조금 전 내가 그랬듯 손바닥을 펴 보였다. 손톱 모양으로

난 작은 흉터들이 눈에 들어왔다. 수영 기록이 안 나올 때마다 손을 세게 움켜쥐는 버릇이 있었거든. 그때 생기는 상처 자국이 내 마음의 모양이라고 생각했어. 나는 희조의 흉터를 손으로 만져보았다. 잠시 뒤에 희조는 나에게 물었다. 돌을 뱉지 않을 수는 없는 거야? 응. 내가 대답했다. 나는 이대로가 좋아.

여름 감기

예약 손님 없는 오전에는 장국영과 시간을 보낸다. 이 시간은 내가 하루 중 가장 좋아하는 시간. 장국영은 거실 한편에 고요하고 분명하게 존재한다. 조용한 아침 장국영이 나에게 말을 걸어온다면 어떨까. 인간은 식물의 신호를 감지할 수 없지만 식물들끼리는 그들만의 주파수로 소통한다고 한다. 단 하루만이라도 장국영과 주파수가 맞춰진다면 좋을 텐데. 그러나 장국영의 신호는 나에게 도달한 적 없고, 나의 오전은 언제나처럼 잠잠하다.

며칠 전 장국영이 소중한 이유는 영하가 길렀기

때문이라고 희조에게 얘기했던 것이 떠올랐다. 영하가 신기루처럼 사라졌을 때, 장국영을 돌보고 있으면 미약하게나마 영하와 연결된 듯한 기분이 들었다. 그러나 영하가 떠난 지 일 년 반이 지나버린 지금, 장국영은 어떤 의미를 가질 수 있을까. 최근 들어 부쩍 시들해진 장국영을 살펴보다가 나는 깜짝 놀랐다. 두 눈을 비빈 다음 조금 더 가까이서 장국영을 들여다보자, 몇몇 이파리에 돋아난 수상한 갈색 반점들이 눈에 들어왔다.

냉해를 입었네요. 곧장 달려간 화원에서 장국영을 살펴보던 화원 주인이 말했다. 선풍기나 에어컨 바람 때문에 한여름에도 종종 이런 경우가 생겨요. 당분간은 따뜻한 자리에 놓아두세요. 화원 주인은 추위에 얼룩진 잎들을 가위로 잘라내주었다. 돌아가는 택시 안에서 나는 기사에게 에어컨을 꺼달라고 부탁했다. 화원 주인에게는 말하지 않았지만 장국영은 이제껏 에어컨은커녕 선풍기 바람조차 쐰 적이 없었다. 모두가 땀 흘리는 여름에 장국영은 무엇이 그토록 추웠던 걸까. 나는 여름 감기에 걸린 장국영을 후덥지근한 집에 내려놓은 다음 미용실로 출근했다.

여자애가 다시 고백했어요. 보름 만에 찾아온

산호가 샴푸대에서 입을 열었다. 친구를 사귄 건 저 보라고 한 거였대요. 이번에는 고백을 받아줄 생각이에요? 아니요. 친구는 이 사실을 알아요? 아니요. 그 대답을 끝으로 산호는 생각에 잠겼는지 머리를 하는 내내 말이 없었다. 산호는 친구를 신경 쓰느라 좋아하는 여자애를 놓칠 생각인 걸까. 배려심 깊은 산호라면 충분히 그러고도 남겠지만.

　　머리가 완성되었을 때 나는 친구에게 사실을 얘기하는 게 나을지도 모른다고 말해주었다. 그럴 수 없어요. 산호가 대답했다. 걔가 슬퍼하면 제가 더 속상해요. 친구를 얘기할 때 산호의 눈빛이 너무나도 따뜻해서, 나는 그동안 내가 산호의 마음을 잘못짚고 있었다는 사실을 깨달았다. 나는 입을 다물었고, 뜬금없게도 그 순간 장국영이 여름 감기에 걸린 이유를 알 것 같았다.

　　퇴근하고 나서 장국영을 데리고 희조의 집으로 갔다. 뭐야, 왜 나무를 도로 가져왔어? 갑작스러운 방문에 희조는 당황한 듯했다. 잠시 장국영 좀 맡아줄 수 있을까? 내가 물었다. 어디 여행이라도 가? 그건 아닌데, 당분간 장국영이랑 같이 지내면 안 될 것 같아서. 나는 거실을 둘러보며 직사광선이 닿지 않으면서도 너무 어둡지 않은 자리를 찾아낸 다음, 그곳에 장국영을 내려놓았다.

나무 이름이 장국영이었어? 그보다 난 맡아주겠다고 한 적 없는데? 희조가 장국영을 내려다보며 말했다. 부탁해, 너밖에 부탁할 사람이 없어. 내가 대답했다. 의미 있는 나무라면서. 난 식물 길러본 적도 없어. 관리는 내가 할 테니까 걱정 마, 하고 나는 희조를 안심시켰다. 희조는 거실 바닥에 앉아서 장국영을 들여다보다가 입을 열었다. 그럼 장국영 돌봐주는 대신에 돌을 조금만 더 줄 수 있어? 희조는 훔치고 싶은 충동이 들 때 잠재우는 용도로만 쓰겠다고 덧붙였다. 나는 고민 끝에 알겠다고 대답했다. 다음번에 내 머리도 잘라주라. 그래. 이번 달 월세도 좀 내주라. 적당히 해.

희조는 갑자기 이러는 이유가 뭐냐고 물었다. 장국영이 나 때문에 슬퍼하는 것 같아서. 내가 대답했다. 너는 내 돌이 한 개만 있어도 눈물 나게 슬프다며. 우리 집에는 이런 돌이 엄청 많거든. 그럼 미용실에서 기르면 되잖아. 안 돼. 돌보다 내가 더 문제야. 희조가 왜냐고 물었지만 쉽게 대답할 수가 없었다.

왜냐하면, 산호가 친구를 떠올릴 때의 따뜻함

같은 것이 나에게는 없기 때문이었다. 왜냐하면, 나는 장국영이 슬플 수 있겠다는 생각을 한 번도 해본 적 없기 때문이었다. 슬픔으로 가득 찬 집 안에서 슬픔을 모르는 사람과 지냈을 장국영. 장국영이 여름 감기에 걸린 이유는 어쩌면 정말 나 때문일지도 몰랐다.

나는 한참 만에 입을 열었다. 맨 처음 돌을 뱉었을 때는 좋았어. 슬픔이 사라지고 나니까 살 것 같더라고. 그런데 어느 순간부터 미용실에 손님이 점점 줄어들더라. 오래된 단골들마저 발길을 끊는데 이유를 알수 없으니 미칠 것 같았어. 하루는 창피를 무릅쓰고 옆가게 주인에게 왜 미용실에 손님들이 오지 않을까요, 하고 물었거든. 그런데 그 사람이 한참을 머뭇거리다가 말해주길 동네에 내 소문이 났다는 거야. 애인이 떠난 뒤로 정신이 이상해졌다고. 웃긴 얘기를 해도 웃지 않고 슬픈 얘기를 해도 울지 않는다고.

걱정 마, 말 걸지 않는 미용사라고 소문이 나서 지금은 조용한 손님들이 많이 찾아오니까. 그래도 그때 알게 되었어. 슬픔을 모른다는 건 남들이랑 있을 때 티가 나. 장국영도 그걸 느꼈나 봐. 말을 마친 나는 희조와 나란히 앉아 메마른 장국영을 바라보았다.

잠에서 깬 희조가 베개 밑으로 손을 집어넣자 둥글고 단단한 것이 만져졌다. 희조는 그것을 조심스레 집어서 침대 협탁에 놓인 유리병 안에 넣었다. 선영의 돌과 생활한 지 오늘로써 한 달째. 희조는 이제 돌 없는 일상을 상상하기 힘들었다.

처음에 희조가 돌을 찾았던 이유는 도벽을 고치는 것과 더불어 카타르시스를 느낄 수 있었기 때문이다. 돌을 손에 쥔 채 펑펑 울고 나면 마음이 고요해지면서 묘한 해방감이 찾아왔다. 희조는 자신이 아주 오래전부터 이렇게 울고 싶었다는 사실을 깨달았다. 그러나 자주 사용하면 기분이 지나치게 가라앉았기에 희조는 심적으로 여유로운 주말에만 유리병을 열었다. 하지만 얼마 전에 우연히 돌의 새로운 사용법을 찾아낸 뒤로, 희조는 이제 매일같이 돌을 사용할 수 있었다.

삼 주 전 희조는 베개 밑에 돌을 넣어둔 채로 잠이 들었다. 그러자 돌에서 흘러나온 슬픔은 두꺼운 솜 베개에 한 번 걸러진 다음 밤사이 희조의 잠 속으로 스며들어서, 희조가 수영과 관련된 꿈을 꿀 수 있도록 해주었다. 수영 꿈이라고는 해도 대부분 악몽이어서 희조는 꿈에서 아무리 헤엄쳐도 앞으로 나아갈 수 없다거나, 팀에서 제명당하거나, 코치에게 무시당하고는 했다. 어쨌거나 꿈속에서 희조는 여전히 수영 선수였다. 희조에게는 그 점이 가장 중요했다.

그리고 아주 가끔, 어젯밤처럼 기분 좋은 꿈을 꾸는 날도 있었다. 간밤에 희조는 끝이 보이지 않는 넓고 깊은 물속을 자유로이 수영했다. 물속에서 희조는 편안하게 숨 쉴 수 있었고 아무리 헤엄쳐도 지치지 않았다. 몸에 닿는 물의 촉감과 물속에서 나아가는 몸의 감각 또한 너무나 생생했다. 그런 꿈을 꾼 다음 날은 일어나서도 온종일 꿈 생각뿐이었다.

희조는 은행에 출근하고 나서도 간밤의 꿈 생각을 멈추지 않았다. 꿈 생각을 비롯해 이런저런 생각에 잠겨 있기에는 은행만큼 좋은 장소가 없었다. 희조가 근무하는 은행은 대학교 캠퍼스에 있는 출장소로, 학생증 발급 기간을 제외하면 이용객이 많지 않았다. 게다가 지금은 여름방학 기간. 은행원들이 잡담할 때를 제외하면 은행은 에어컨 바람 소리가 크게 느껴질 만큼 조용했다.

ATM 기계 옆을 지키는 일 외에 내가 이곳에서 중요한 역할을 하게 되는 순간이 올까? 희조는 경비원 지정석에 앉아 생각했다. 복면강도로부터 시민을 구해내는 영화 속의 주인공처럼. 아니면 내가 복면을 쓰고 은행을 털어버리는 쪽이 나으려나? 이런 공상을 한다는 것 자체가 시시한 삶을 살고 있다는 반증.

희조가 도벽을 끊지 못했던 이유도 바로 그 시시함을 견딜 수 없었기 때문이다. 은행에서 번호표를 뽑고 자리에 앉아 기다리는 사람들을 희조는 부러워했다. 그들의 기다림에는 언제나 끝이 있었으니까. 희조는 때때로, 아니 실은 매일같이 불리지 않는 번호표를 쥐고 은행에 앉아 있는 듯한 기분에 휩싸였고, 퇴근길에는 어김없이 물건을 훔쳤다. 물건은 무엇이든지 상관없었다. 희조는 상점이나 가판대에서 손 닿는 대로 물건을 훔쳤고, 그 순간만큼은 자유형 1500미터를 완주한 것만큼이나 심장이 뛰었다. 물건을 훔칠 때만이 유일하게 자신이 살아 있다고 느꼈다.

그러나 이제 희조에게는 돌이 있었다. 잠잘 시간과 돌만 있다면 희조는 매분 매초 생생하게 살아 있던 수영 선수 시절로 돌아갈 수 있었다. 다행히 희조는 매일 사용해도 부족하지 않을 만큼의 돌을 선영에게서 받았다. 선영은 지난 한 달간 이삼일에 한 번꼴로 장국영을 보러 희조의 집에 찾아왔고, 그때마다 희조에게 돌을 하나씩 주었다. 선영은 희조가 돌을 다른 방식으로 사용하고 있다는 사실을 모르는 채, 자신의 돌이 희조의 도벽을 고쳤다는 사실에 매우 기뻐했다. 희조가 선영을 떠올리며 약간의 죄책감에 시달리던 중 귀신같이 선영에게서 문자가 왔다. 희조, 오늘 저녁에 장국영을 보러 가도 될까? 내일은 갑자기 일이 생겨서. 희조는 응, 이라고 짧은 답장을 보내면서 생각했다. 오늘 거실 창문을 열어놓고 나왔던가? 장국영한테는 환기가 좋다고 했는데.

　　희조가 꿈 생각을 하며 은행에서 아홉 시간을 버틴 다음 집에 돌아왔을 때, 거실 창문은 다행히 열려 있었다. 선영이 오기까지는 두 시간 정도 남아 있었고, 희조는 저녁을 차려 먹을까 하다가 아이스크림으로 때우기로 했다. 돌을 사용한 뒤로는 입맛이 떨어지고 쉽게 피로해졌다. 그러나 하루 중 잠자는 시간만을 손꼽아 기다리게 된 희조에게는 피로조차도 반가운 일이었다.

희조는 아이스크림을 떠먹으면서 거실에 있는 장국영을 바라보았다. 장국영으로 말하자면, 희조의 집에 온 뒤로 하루가 다르게 생기를 되찾는 중이었다. 자신 때문에 장국영이 병든 거라는 선영의 말을 믿지 않던 희조도 긴가민가해질 만큼 빠른 회복이었다. 선영은 올 때마다 시간 가는 줄도 모르고 그런 장국영을 들여다보고는 했다. 선영은 장국영을 보면 마음이 안정된다고 했는데, 희조는 아직도 그 말에 공감하기가 어려웠다. 그보다 희조는 장국영을 바라보는 선영의 얼굴을 좋아했다. 늘 무표정하던 여자의 얼굴에 따뜻함이 스치는 순간, 그늘에 빛이 들듯 환해지는 그런 순간이 찾아올 때면 희조는 잠시나마 돌에 대한 생각도 잊은 채 선영을 바라보았다.

늦은 저녁이 되자 선영이 찐 옥수수를 사 들고 희조의 집으로 왔다. 선영은 들어오자마자 장국영의 상태부터 확인했다. 좀 자란 것 같지 않아? 희조가 장국영을 건드리며 묻자 선영은 조심하라고 했다. 살짝 만진 거야. 무안해진 희조가 말했다. 장국영 말고 너 조심하라고. 장국영한테 독성이 있거든. 선영이 덧붙였다. 그 얘기를 한 달이 지나서 해주는 거야?

　　장국영을 한차례 살피고 나서야 두 사람은 식탁에 마주 앉아 찐 옥수수를 먹었다. 조금 마른 것 같아. 선영이 희조를 바라보며 말했다. 날이 더워서 그런가, 입맛이 없네. 희조는 별일 아니라는 듯 대꾸했지만 선영은 그게 아닌 것 같다면서 돌 때문이 아니냐고 물었다. 아니야. 돌은 충동을 느낄 때만 쓴다니까. 그럼 이번 주에는 안 쥐도 되겠네. 도벽도 거의 다 고쳤다며. 선영의 말에 희조는 먹던 옥수수를 내려놓으며 다급하게 말했다. 아니야, 아직은 돌이 필요해.

　　그러자 선영도 먹던 것을 멈추고는 말했다. 나 그렇게까지 눈치 없지는 않아. 한 달 사이 몸도 수척해지고, 말수도 줄어들고, 수면제까지 먹기 시작했잖아. 식탁 한구석에 미처 치워놓지 못한 수면제가 그제야 희조의 눈에 들어왔다. 수면제는 전부터 먹던 거야. 희조가 설명했지만 선영은 더는 돌을 줄 수 없다고 했다. 대체 왜 슬픔을 자처하려는 거야? 이해할 수 없다는 듯 선영이 물었다. 세상에는 슬픔을 감당할 수 없다는 이유만으로 오백 일 넘게 돌을 뱉는 사람도 있었으니까.

　　희조는 선영의 말에 한동안 대답하지 않다가,

잠시 뒤에 입을 열었다. 희조의 목소리는 선영이 낯설다고 느낄 만큼 가라앉아 있었다. 돌이 있으면 꿈을 꿔. 꿈속에서는 내가 아직도 수영 선수야. 희조는 머뭇거리다가 다시 입을 열었다. 나는 수영을 그만두고 싶지 않았나 봐.

수영을 계속하고 싶었던 마음. 희조는 그 마음을 오랫동안 인정하고 싶지 않았다. 희조의 교통사고로 주변 사람들이 안타까워했을 때 희조는 오히려 그들을 다독였다. 어차피 수영을 그만둘 생각이었다고. 찬물에 들어가는 일이 지긋지긋해지던 참이었다고. 돈도 되지 않는 일을 너무 열심히 했던 것 같다고. 그렇게 생각하지 않고서는 도무지 견딜 수가 없었다.

희조의 눈에 눈물이 맺히자 선영은 휴지를 건네주려고 했다. 그런데 휴지를 뽑다 말고 선영은 몸을 앞으로 숙이더니 별안간 돌 한 덩이를 뱉어냈다. 설마 지금 내 얘기 듣고 뱉은 거야? 희조가 놀라서 물었다. 그런가 봐. 선영이 대답했다. 우는 중에 미안한데, 유리병 좀 줄래? 돌이 꺼내진 채로 있으면 너도 더 슬퍼질 것 같아서. 선영의 말에 희조는 울다 말고 유리병을 찾기 시작했고, 한참 소란스러웠던 끝에 돌은 무사히 희조의 작은 유리병에 들어갈 수 있었다.

이상한 여자가 전해주는 이상한 방식의 위로다. 희조는 유리병 속의 돌을 바라보며 생각했다. 이걸 내 마지막 돌로 하면 안 될까. 희조가 돌에서 눈을 떼지 않은 채 선영에게 물었다. 마지막으로 좋은 꿈을 꿀 수 있을 것 같아. 선영은 잠시 망설이다가 그렇게 하라고 대답했다. 선영에게서는 희미한 미용실 약품 냄새, 수증기 냄새 같은 것이 났고, 그 냄새를 맡으면서 돌을 바라보자 희조는 묘하게 마음이 안정되었다. 그런데 내일은 무슨 일이 생긴 거야? 낮에 받은 문자가 생각나서 희조가 묻자 선영이 대답했다. 아, 전 애인을 만나러 가려고.

서울 바다 말고 진짜 바다

오후에 미용실 손님이 돌아가고 나서 휴대폰을 확인해보자 뜻밖의 번호가 부재중 전화로 남겨져 있었다. 번호 주인은 영하의 고등학교 선배이자 영하가 출연했던 연극의 감독이었다. 나는 전화를 다시 걸었고, 형식적인 안부 인사가 오간 끝에 감독이 전한 말은 영하가 부모님 반찬 가게에서 일하고 있다는 것이었다. 이제 와서 무슨 소용인가 싶지만, 알게 된 이상 말해줘야 할 것 같았어. 감독은 반찬 가게 주소와 연락처를 문자로 남기겠다고 했다.

전화를 끊고 나서야 작년에 감독과 마지막으로 나눴던 대화가 생각났다. 영하가 사라지고 일주일이 지났을 때, 감독에게 전화를 걸어 영하 소식을 물은 적이 있었다. 감독은 자신도 영하와 연락이 안 된다면서, 나에게 일주일만 더 기다려보고 그다음부터는 기다리지 말라고 했다. 그물무늬비단뱀이 사람 한 명을 소화하는 데 걸리는 시간이 보름이야. 보름 동안 연락이 없으면 네가 알던 영하는 비단뱀한테 잡아먹혔다고 생각해. 그 바람에 나는 한동안 영하를 삼킨 비단뱀 꿈을 꾸고는 했다. 나는 감독에게 고맙다고 답장했다.

희조는 내가 전 애인을 보러 가는 것을 이해하지 못했다. 찾아가서 뭐 하려고? 희조가 답답하다는 듯 물었을 때, 나는 더는 돌을 뱉고 싶지 않다고 대답했다. 돌 뱉는 거랑 전 애인을 보는 게 무슨 상관이야? 전 애인이 떠난 뒤로 돌을 뱉기 시작한 거니까, 만나면 멈출 수 있지 않을까 해서. 감독 입에서 영하의 이름이 나오는 순간, 나는 이것이 기회일지도 모른다고 생각했다. 장국영을 희조에게 맡겼던 날, 나는 오백 일 만에 처음으로 슬픔을 느끼지 못한다는 사실이 끔찍하게 느껴졌다. 나는 이제 돌을 토하고 싶지 않았다. 장국영에게 해가 되지 않는 사람이 되고 싶었다.

그런 생각은 희조와 있을 때도 들었다. 희조의 얘기를 듣다가 돌을 뱉었던 날, 나는 희조의 슬픔에 조금도 가닿을 수 없었다. 희조의 얘기를 들으며 차올랐던 감정은 돌을 토하는 것과 동시에 차게 식어버렸다. 어쩌면 나는 영하가 사라진 그날 소파 위에서 죽은 것이 아닐까. 따뜻함이나 눈물, 헤아림 같은 것은 산 사람들의 몫으로 남겨두고 돌처럼 차갑게 굳어버린 것일지도. 이제 와서 그것을 바로잡는 일이 가능할까?

반찬 가게는 영하의 고향인 부산에 있었다. 다음 날 아침 부산행 기차에 올라타면서 나는 생각이 더욱 많아졌다. 영하를 만나면 무슨 얘기부터 해야 할까. 영하는 부모님과 사이가 안 좋았는데 지금은 괜찮아진 걸까. 나는 지금도 영하를 사랑하고 있을까? 이런저런 생각에 사로잡혀 있다가 정오쯤 부산역에 도착했다.

택시를 타고 반찬 가게 앞에서 내렸지만 곧바로 들어갈 수가 없어서 주변을 잠시 걸었다. 걷다 보니 길가에 할머니 한 분이 가만히 서 있었다. 그분 시선을 따라가보니 어느 담장 위에 능소화가 흐드러지게 피어 있었다. 걸음을 멈추고 능소화를 바라보자, 할머니가 나에게 말을 걸어왔다. 꽃이 예쁘죠. 이때만 볼 수 있으니 많이 봐둬요. 나는 그러겠다고 대답한 다음 할머니와 함께 꽃을 바라보았다. 부드럽게 흘러가는 시간. 소리도 없이 온 힘을 다해 피어난 꽃들. 비로소 영하를 보러 갈 수 있겠다는 생각이 들었다.

반찬 가게 안으로 들어가자 반찬을 정리하던 영하가 나를 돌아보았다. 오랜만이야. 내가 인사했다. 영하는 가게 문을 닫았고, 우리는 가게에 있는 하나뿐인 테이블에 마주 앉았다. 영하를 보는 순간 돌을 토해버리면 어쩌나 걱정했는데 다행히 그런 일은 일어나지 않았다. 나는 오랜만에 보는 영하의 얼굴, 그물무늬비단뱀에게 수십 번 잡아먹히고 나서도 멀쩡한 그 얼굴을 한동안 말없이 바라보았다. 영하는 그사이 살이 조금 붙은 듯했고, 늘 화려하던 머리카락은 차분해져 있었다. 그러나 영하의 두 눈, 다정하고 깊은 눈만큼은 그대로였다.

아직 그 동네에 사는 거야? 영하가 나에게 물었
다. 응. 네가 떠나고 이사 갈까 했는데, 바다가 있으니까.
나는 영하에게 어떻게 지냈는지 물었다. 오사카에서 지
내다가 일이 잘 안 풀려서 돌아왔어. 영하가 대답했다.
그렇게나 멀리 있었구나. 잠시 오사카에 대해 떠올려보
려 했지만 아무것도 떠오르지 않았다. 왜 말없이 떠난
거야? 나는 돌려 말하지 않고 물었다. 영하는 도망치고
싶었다고 대답했다. 열아홉 살에 무작정 가출해서 서울
에 왔던 것처럼, 자기 삶으로부터 완전히 도망치고 나면
다른 사람이 될 수 있을 줄 알았다고. 그러고 보니 영하
가 말없이 도망치는 것도 이번이 처음은 아닌 셈이었다.

영하는 늦었지만 미안하다며 내게 사과했다. 사
과받으려고 온 건 아니야. 내가 말했다. 마지막으로 인
사하고 싶어서 왔어. 영하는 무슨 말을 하려다가 삼키
고는 그래, 하고 대답했다. 그 뒤로 영하는 나에게 그동
안 어떻게 지냈는지, 바다는 여전한지, 불면증은 나아
졌는지 등에 대해 물었고, 나는 모든 것이 그대로라고
대답했다. 대화가 끝나자 우리는 잠깐 말없이 커피를
마셨다. 이상한 일이었다. 영하를 만나면 할 얘기가 많

을 것 같았는데, 묻고 싶은 것이 산더미 같을 줄 알았는데, 정작 영하와 마주 앉아 있자 어떤 말도 떠오르질 않았다. 잠시 뒤에 나는 오후 네 시 기차표를 예매해두어서 곧 일어나야 한다고 했다. 잠시만 기다려줘. 영하가 자리에서 일어나며 말했다. 괜찮다고 했지만 영하는 끝내 나에게 반찬이 담긴 봉투를 건네주었다. 들고 가기 무거울 테니까 택시 불러줄게.

택시를 기다리는 동안 영하는 나에게 물었다. 다음 주에 바다로 찾아가도 될까? 나는 대답하는 대신 영하에게 되물었다. 영하야, 장국영 기억나? 그러자 영하는 반가운 목소리로 장국영은 잘 지내는지 물었다. 죽었어, 얼마 전에. 내가 대답했다. 영하는 놀란 듯한 표정을 짓다가 이내 고개를 끄덕였다. 장국영이 죽었구나, 하고 영하가 중얼거렸다. 나는 그런 영하를 바라보며 말했다. 바다에는 오지 마, 영하야.

부산역으로 가는 택시 안에서 나는 영하가 준 봉투를 열어보았다. 알감자조림, 계란말이, 열무김치……. 영하와 같이 살 때 자주 만들어 먹던 반찬들이었다. 문득 영하의 웃는 얼굴을 한 번도 보지 못했다는 생각이 들었다. 웃을 때 생기던 영하의 보조개가 예뻤는데, 생각하던 중 반찬들 사이에 끼워진 흰 종이봉투가 눈에 들어왔다. 봉투를 열어보자 현금 백이십만 원이 들어 있었다. 작년 겨울에 영하가 들고 갔던 생활비 통장에 남아 있던 금액이었다. 그 돈을 보자 웃음이 났다. 웃음이 나다가, 온몸이 추워졌다. 손님, 괜찮으세요? 잠시 뒤에 택시 기사가 백미러로 나를 살피며 물었다. 네, 괜찮아요. 나는 혹시 몰라서 준비해 온 작은 유리병 속에 돌을 집어넣으면서 대답했다.

나는 정말 괜찮았다. 늘 괜찮아서 문제였지. 택시 유리창에 머리를 기댄 채로 생각했다. 아무렇지 않은 마음으로는 아무것도 알 수가 없으니까. 내가 영하를 더는 사랑하고 있지 않다는 사실을 영하를 보고 나서야 깨닫게 된 것처럼. 어떤 슬픔은 이미 오래전에 내 곁을 떠나 있었다.

집에 도착할 즈음 희조에게서 연락이 왔다. 지금 언니 집에 가도 돼? 희조가 내 집으로 오는 것은 이번이 처음이었다. 나는 집 주소를 알려주며 한 시간 뒤에 오라고 답장했다. 집에 도착한 다음에는 식탁 위에 있던 유리병부터 숨겼다. 돌들을 아예 내다 버릴까 생각해보았지만 어디에 버려야 할지 알 수가 없었다. 쓰

레기로 버리자니 누군가 주워 갈까 무서웠고, 땅에 묻
자니 깊게 삽질할 자신이 없었다. 집 앞 탄천에 던져버
릴까 싶었지만 물고기들이 슬퍼할 것 같아 그것도 그만
두었다. 그렇지만 바다는 어떠려나, 바다처럼 깊고 넓
은 물이라면 괜찮지 않을까, 그런 생각을 하며 나는 유
리병을 침대 밑으로 밀어 넣었다.

희조는 정확히 한 시간 뒤에 도착했다. 전 애인
은 만났어? 신발을 벗기도 전에 희조가 물었다. 내가 고
개를 끄덕이자 희조는 어땠는지 물었다. 나는 희조에게
오렌지 주스를 따라 주며 별일 없이 잘 만나고 왔다고
대답했다. 그럼 이제 돌은 안 뱉는 거야? 그게, 서울에
도착하기도 전에 뱉어버렸어. 내 대답에 희조는 잠시
아무런 말이 없었다. 그보다 반찬 좀 싸줄까? 내가 희조
에게 물었다. 설마 전 애인한테 받아온 거야? 응. 그러
자 희조는 이만 일어나겠다면서, 반찬은 혼자 많이 먹
으라고 대답한 뒤 집으로 돌아가버렸다.

*

일요일 오전의 첫 손님은 산호였다. 그새 스트

레스를 많이 받았는지 머릿결이 부쩍 상해 있었다. 아니나 다를까 산호는 친구가 사실을 다 알아버렸다고 했다. 사흘째 저랑 말도 안 하고 등교도 따로 해요. 시간이 필요할 거라는 내 말에 산호는 얼마나 기다려야 하는 건지 물었다. 그건 알 수 없다고 생각하다가 문득 그물 무늬비단뱀 얘기가 떠올라 산호에게 들려주었다. 다행히 산호는 비단뱀 얘기를 마음에 들어 하면서, 보름을 기다려보겠다고 했다. 상상 속의 비단뱀은 이런 식으로 사람들의 마음속을 은밀하게 옮겨 다니는 걸까. 처치 곤란한 동물을 산호에게 넘겨준 것만 같아 조금은 미안한 마음이 들었다. 머리가 완성되었을 때 산호는 말했다. 친구가 비단뱀을 이길 수 있었으면 좋겠어요. 저도 그러길 바라요. 내가 대답했다.

산호가 떠난 뒤에도 나는 다섯 명의 손님을 더 받은 다음, 퇴근하고 집에 돌아와 밥을 차려 먹었다. 오늘 저녁은 열무 비빔밥에 알감자조림. 영하가 반찬을 잔뜩 싸준 덕에 나는 지난 일주일간 세끼를 빠짐없이 챙겨 먹었다. 밥도 잘 챙겨 먹고 돌도 뱉지 않고 미용실도 잘 되어가는 와중에 유일하게 마음에 걸리는 것이 있다면, 희조였다.

희조는 일주일째 나를 피하고 있었다. 희조가 편한 시간에 찾아가겠다고 해도 바쁘다는 대답만 돌아왔다. 희조를 생각하면서 밥을 먹자 식탁이 허전하게 느껴졌는데, 잠시 뒤에는 식탁이 정말로 허전하다는 사실을 깨달았다. 부산에서 뱉은 돌이 담긴 작은 유리병 하나가 보이지 않았다. 밥 먹다 말고 집 안을 샅샅이 뒤져보았지만 유리병은 보이지 않았다. 잠시 생각하다가 희조에게 전화를 걸었다. 지금 그쪽으로 가도 될까? 묻고 싶은 게 있어. 이번에도 거절당할 거라고 생각했는데, 뜻밖에 희조는 알겠다고 대답했다.

일주일 만에 찾아간 희조의 집은 눈에 띄게 달라져 있었다. 신발장에는 희조의 운동화 한 켤레만이 놓여 있었고, 식탁 또한 깔끔하게 치워져 있었다. 집 안 공기마저 차분하게 가라앉은 듯했다. 그런데 거실에 있어야 할 장국영이 보이지 않았다. 장국영은 어디 있어? 내가 놀라서 물었다. 내다 버렸어. 희조가 덤덤하게 대답했다. 뒤돌아서 희조를 바라보자 희조는 농담이라고 했다. 지난주부터 거실에 에어컨을 틀기 시작해서 내 방으로 옮겨놨어. 장국영은 추위 많이 탄다며.

희조의 방으로 들어가자 침대 발치에는 장국영이, 침대 옆 협탁에는 가짜 선인장이 놓여 있었다. 장국영 옆에 못 보던 스투키 화분도 하나 놓여 있었다. 이건 어디서 났어? 내가 스투키를 가리키며 물었다. 은행에서 퇴사 선물로 받았어. 희조가 대답했다. 퇴사했어? 재계약을 안 해주더라고. 희조는 직장에서 잘린 김에 집 안 청소를 시작했는데, 버려야 할 물건들이 너무 많아서 그동안 정신없었다고 했다. 곧 상자도 버릴 거야. 나는 잘 생각했다고 말해주었다. 희조의 방은 이제 초록으로 가득해졌고, 나는 장국영의 신호를 이해할 수 있는 존재가 방 안에 생겨서 기뻤다.

장국영은 변함없이 잘 자라고 있었다. 이틀 전에 희조는 장국영에게 물도 주었다고 했다. 네가 계속 키워도 되겠다. 내 말에 희조는 얼렁뚱땅 유기할 생각 하지 말라고 했다. 잠시 뒤에 나는 희조에게 물었다. 그날 내 돌은 왜 가져간 거야? 일찍도 물어보네. 희조가 대답했다. 수영 때문에 계속 힘들어? 조심스럽게 묻자 희조는 아니라고, 나에게 꿈 얘기를 털어놓았던 날 수영 선수를 그만뒀다는 사실을 받아들이게 되었다고 했다. 그만둔 지 일 년이나 지났는데 이제야 실감이 나더라고. 그렇게 말하는 희조의 얼굴은 한결 편안해 보였다. 그럼 도벽 때문이야? 희조는 그것도 아니라고 했다.

그럼 돌을 왜 훔친 거야? 답답해진 내가 되묻자 희조는 언니를 이해해보고 싶었다고 대답했다. 통장 들고 사라진 전 애인을 보러 부산까지 가서 화를 내기는 커녕 반찬이나 싸 들고 돌아오는 사람을 도무지 이해할 수가 없는데, 그럼에도 불구하고 이해해보고 싶어서 돌을 훔쳤다고 했다. 그날 뱉은 돌은 그날 언니의 마음을 담고 있을 테니까. 희조가 말했다.

그 말을 듣자 어쩐지 희조의 얼굴을 바라볼 수가 없어서, 나는 장국영만 들여다보았다. 내가 말이 없는 사이 희조는 내 옆으로 다가와 앉았다. 장국영이 죽을까 봐 화원에 데려간 적이 있었거든. 내가 입을 열었다. 그때 화원 주인한테서 들은 건데, 장국영도 꽃이 핀대. 언제? 지금 같은 여름에. 그럼 지금 당장도 필 수 있겠네? 글쎄, 십 년에 한 번 필까 말까 한다던데. 희조는 꽃이 무슨 색이냐고 물었고, 나는 한 번도 본 적이 없어서 모른다고 대답했다. 그러자 희조는 장국영을 집중해서 바라보았다. 장국영이 당장 꽃을 피워내기라도 할 것처럼.

장국영이 꽃 피우기를 기다리는 동안 밤이 느릿느릿 지나가고 있었다. 희조는 이제 자면서 무슨 꿈을 꿀까. 산호의 친구는 그물무늬비단뱀을 이겨낼 수 있을까. 희조와 나는 왜 자꾸만 서로의 슬픔을 들여다보려 하는 걸까. 그 순간 속이 조여들었다. 진정해보려고 고개를 숙이자, 희조는 지난번처럼 천천히 내 등을 쓸어주었다.

희조의 손길에는 이상한 힘이 있다. 그런 생각을 하게 된 것은 희조의 손이 등을 쓸어내릴수록 추위가 가시면서, 구역질이 나오는 대신 숨이 쉬어졌기 때문에. 숨을 들이쉴수록 단단하게 얼어붙었던 속이 조금씩 편안해졌고, 몸은 정상 체온으로 돌아오다 못해 뜨거워지고 있었다. 새파랗고 단단한 돌, 그 돌이 지금 녹고 있어. 그렇게 확신하는 데까지는 오랜 시간이 걸리지 않았다. 푸른 돌이 녹는 순간 같이 녹아내리는 것은 흐드러지게 핀 능소화와 영하의 보조개, 추위로 얼룩진 이파리들과 소파 위 불면의 밤들. 잠시 뒤에 희조는 나를 바라보며 말해주었다. 내가 울고 있다고.

그 말을 듣자 웃음이 났고, 웃다가도 다시 눈물이 났다. 바다에 가고 싶어. 나는 희조에게 말했다. 진짜 바다에 가고 싶어. 희조는 영문도 모른 채 그러자, 그러자고 대답해주었다. 한참이 지나고 눈물이 그치자 나는 기운이 빠져서 희조의 침대 위로 쓰러지듯 누웠다. 누운 채로 나는 장국영의 꽃을 계속 상상했다. 상상 속 장국영의 꽃이 점점 더 아름다워져가고 있을 때, 희조는 다시 한번 나에게 말해주었다. 내일은 같이 바다에 가자고.

오키나와에 눈이 내렸어

　오사카, 하고 영하 언니가 말했을 때 나는 세 번째 샷을 내리는 중이었다. 주영, 나랑 오사카에 가자. 그 순간 내가 떠올린 것은 오사카 근교에 있는 작은 고등학교 운동장. 삼 년 전 그곳에서는 한일 고교 친선 축구 대회가 열렸고, 후반전 사십 분에 한국 팀이 한 골을 넣으면서 승리했다. 기념으로 학교 뒤뜰에 무릎 높이의 플라타너스 묘목을 한 그루 심었는데, 얼마나 자랐으려나. 어쩌면 어깨까지 자랐을지도.

　주영, 내 말 듣고 있어? 영하 언니가 다시 물었다. 나는 편의점 커피 머신에서 뜨거운 커피를 뽑아 영하 언니에게 건넸다. 갑자기 오사카는 왜요? 아는 사람이 일본으로 금괴를 옮겨주면 오십만 원을 주겠대. 같이 갈래? 내가 잠시 말이 없자, 영하 언니가 말을 이어 갔다. 2박 3일 비행기랑 호텔까지 예약해주겠대. 할게요. 내가 대답했다. 정말? 정말 할게요.

영하 언니가 나간 뒤에도 나는 편의점을 지키며 오사카를 생각했다. 축구 선수 유망주가 금괴 밀수범이 되어 오사카로 돌아가는 일에 대해 생각했다. 분명 나쁜 일인데도 마음이 아무렇지 않았다. 걸린다면, 걸리는 거겠지. 망한다면, 망하는 거겠지. 나는 다시 무릎 높이의 플라타너스를, 그것에 대해 생각하던 많은 날을 생각했다. 주변이 조용해서 생각하기 좋았다. 현재 시각은 오전 한 시 사십오 분. 야간 편의점을 찾는 손님들도 점점 줄어드는 시간. 밖에는 비가 내렸다가 그치길 반복했다.

비 오는 밤에는 헬스장에도 손님이 없다고 했다. 영하 언니와 나는 같은 건물, 다른 층에서 야간 아르바이트를 했다. 내가 일 층 편의점에서 일하는 동안 영하 언니는 사 층 헬스장 인포메이션 데스크를 지켰다.

매일 밤 샷을 추가한 커피를 사 가던 언니가 나에게 말을 걸어온 것은 올해 초였다. 왜 맨날 삼각김밥만 먹어요? 나는 질문에 대답하는 대신 왜 밤마다 커피를 마시는지 되물었다. 그 뒤로 영하 언니와는 매일 십 분을 공유하는 사이가 되었다.

불 꺼지지 않는 서울에서 십 분은 커피 한 잔이 비워지기에 충분한 시간. 그사이에는 실없는 대화만이 오갔다. 작년까지 연극배우였던 영하 언니는 이제 대학로에 발도 디디지 않는다고 했고, 나는 그런 마음이 어떤 것인지 알 것 같았다. 영하 언니를 알게 된 뒤로는 편의점을 지키는 밤마다 혼자라는 생각이 들지 않았다. 나는 카운터에 엎드린 채 숨을 들이쉬었다. 공기 중에 남아 있는 커피 향이 느껴졌다.

*

인천공항에 도착한 것은 그로부터 보름이 지나서였다. 영하 언니와 내가 수속을 마치고 출국장 삼 층에 있는 기도실로 들어서자, 면세점 직원 유니폼을 입은 밀수꾼이 우리를 맞이해주었다. 그는 이십 대 후반의 남성이었고, 가슴팍에 붙어 있어야 할 명찰은 미리 떼어뒀는지 보이지 않았다.

기도실에는 CCTV가 없으니 안심하세요. 남자는 그렇게 말한 다음 절연테이프로 감싼 금괴를 네 개씩 건네주었다. 영하 언니와 나는 그것을 배낭 깊숙이 집어넣었다. 우리가 긴장한 것을 눈치챘는지 그는 머뭇거리다가 말했다. 불안할 때는 속으로 빅맥송을 불러보세요. 저는 그게 도움이 되더라고요.

바보 같은 놈. 탑승구 근처 의자에 앉았을 때 영하 언니가 말했다. 내가 봐도 남자는 어딘가 허술한 구석이 있었다. 일본에서 만날 조직원에게 전해달라는 편지만 봐도 그랬다. 요즘 같은 세상에 손 편지를 쓰는 밀수꾼이라니.

편지 뜯어보자. 영하 언니가 말했다. 풀칠 되어 있는데요. 내가 대답했다. 거기에 우리를 죽이라고 쓰여 있으면 어떡해. 설마요. 그러나 잠시 뒤에 우리는 편지 봉투를 열어보았다. 안에 들어 있던 것은 오케스트라 콘서트 티켓 두 장과 편지 한 장. 편지에는 다음과 같이 쓰여 있었다. "오키나와에 눈이 내렸어. 다음 주일요일 저녁 7시 우메다역 앞에서 봐."

오키나와에 눈이 내렸다는 말은 무슨 의미일까. 지금은 한여름, 눈이 내릴 만한 날씨가 전혀 아니었다. 휴대폰으로 '오키나와 눈'을 검색해보니 동양의 하와이라고 불리는 오키나와에 2016년 기상 관측 사상 처음으로 눈이 내렸다는 기사가 나와 있었다. 엄청나게 오랜만이라는 뜻인가. 정작 영하 언니는 편지 내용이 시시하다면서 흥미를 보이지 않았다.

그런데 티켓에 왜 이하영이라고 쓰여 있어요? 내가 영하 언니 손에 쥐어진 티켓을 보고는 놀라 물었다. 그게 내 본명이니까. 영하 언니가 대답했다. 왜 여태 말 안 해줬어요? 이름 뜻이 마음에 안 들어서. 무슨 뜻인데요? 하나님의 영광.

비행기가 이륙할 때는 잠깐이지만 온몸이 짓눌리는 듯한 느낌을 받았다. 영하 언니는 비행기에 탑승하자마자 승무원에게 커피를 요청했지만 삼백 엔을 내야 한다고 하자 그냥 잠들었다. 나도 눈을 감아봤지만 잠이 오지 않았다. 분명 아무렇지 않을 거라 생각했는데 배낭 속의 금괴가 자꾸만 신경 쓰였다. 나는 영하 언니의 귓가에 언니, 하고 속삭였다. 깊이 잠든 영하 언니는 일어나지 않았다.

삼 년 전에 오사카를 갈 때는 이렇지 않았다. 그때는 오사카뿐만 아니라 삶에 대한 알 수 없는 기대로 가득 차 있었다. 나는 눈을 감은 채 금괴를 무사히 옮긴 다음 영하 언니와 점심 먹는 상상, 쓸데없는 농담을 주고받는 상상을 했다. 그래도 마음이 진정되지 않자, 기나긴 고민 끝에 나는 속으로 빅맥송을 불렀다. 다행히 얼마 지나지 않아 기내 방송이 흘러나왔다.

간사이공항에 도착하면 무작위로 짐 검사를 한다는 얘기를 들었지만, 공항 로비로 나오는 순간까지 우리의 배낭을 열어보는 사람은 아무도 없었다. 약속 장소인 난바역으로 가는 특급 열차를 타고 지시대로 3번 출구로 나가자 검은색 정장을 입은 여자가 서 있었다. 밀수꾼이 저렇게 눈에 띄어도 괜찮은 걸까? 여자는 내가 살면서 본 사람 중 가장 아름다웠다. 빅맥송을 부르는 남자와 연인이라는 사실을 믿기 어려울 정도였다. 여자를 보는 순간 나는 오키나와에 눈이 내렸다는 말의 의미를 알 수 있었다. 그것은 기적의 다른 말이었다.

차로 이동할 거라는 예상과 달리 우리는 여자와

함께 거리를 걸었다. 날이 흐려서인지 거리의 모든 사물은 잠에서 덜 깬 것처럼 보였는데, 가로등마저 구름 속에 머리를 파묻은 듯 울적한 모습이었다. 날씨가 흐리네요. 중간에 여자가 일본어 억양이 섞인 한국어로 말을 걸어왔다. 한국은 날씨가 어땠어요? 맑고 무더웠어요. 내 말에 여자는 고개를 끄덕이다가 작게 미소를 지었다. 그 남자를 떠올린 걸까? 짧은 대화를 끝으로 우리는 말없이 거리를 걸었다.

우리는 작은 골목으로 들어간 다음, 허름한 건물의 외부 계단을 따라 이 층으로 올라갔다. 그곳에 불 꺼진 작은 식당이 있었다. 식당 안에는 한국인 남자 세 명이 먼저 도착해 있었는데, 카운터에 앉은 몸집이 큰 남자가 그들을 감시 중이었다. 편지 저 사람한테 줘버릴까? 영하 언니가 카운터를 보며 속삭였다.

남자 셋이 옮긴 금괴는 총 열 개였다. 여자는 능숙한 솜씨로 테이프를 뜯어낸 금괴를 자신의 가방에 옮겨 담았다. 남자들이 돈을 받고 나가자 다음은 우리 차례였다. 나는 금괴와 편지를 함께 건넸고, 여자는 우리에게 남자 셋이 받았던 것과 똑같은 흰 봉투를 건네주며 말했다. 편지 열어본 건 비밀로 해줄게요.

건물 밖으로 나와 우리는 담배를 피웠다. 왼손에는 사만오천 엔이 든 봉투가 쥐어져 있었고, 영하 언니는 따뜻한 커피가 마시고 싶다고 했다. 골목 밖으로 나가자 맞은편 큰길에 맥도날드가 보였다. 빅맥을 먹을까 하다가 둘 다 입맛이 없어 블랙커피만 두 잔 주문했다.

우리는 머그잔 두 개를 테이블에 올려놓고 주변을 둘러보았다. 햄버거를 먹고, 감자튀김을 손으로 집고, 플라스틱 트레이를 옮기는 사람들. 맥도날드는 무심하고 단조로운 방식으로 평화로웠다. 언니는 긴장 안 됐어요? 응. 나는 빅맥송을 혼자만의 비밀로 간직하기로 했다. 잘 끝나서 다행이에요. 내가 말했다. 원래 나쁜 일은 좋게 끝나. 좋은 일이라고 생각했던 것들이 나쁘게 끝나는 거고. 그렇게 말하는 영하 언니의 얼굴에는 졸음이 가득했다. 많이 피곤해요? 시차 적응이 안 됐나봐. 언니는 무슨 일본에서 시차를 얘기해요…….

어쨌거나 지금은 우리가 퇴근하고 잠들어 있을 시간이 맞았다. 영하 언니는 순식간에 커피를 한 잔 비우더니 두 번째 커피를 받아왔다. 나는 맞은편에 앉아서 영하 언니가 커피 마시는 모습을 바라보았다. 언니, 저 다녀올 데가 있어요. 어디? 그냥, 있어요. 같이 가. 거기 아무것도 없어서 언니는 가도 재미없을 거예요. 같이 있고 싶어서 그래. 나는 그렇게 말하는 영하 언니를 바라보다가 시선을 피했다. 거기 정말 별거 없는데. 내가 다시 말했다. 괜찮아.

우리는 지하철을 두 번이나 갈아타고 오사카 외곽의 한 고등학교에 도착했다. 여기 와본 적 있어? 영하 언니가 물었다. 삼 년 전에 경기하려고 왔었어요. 축구부였거든요. 교문을 들어서자 축구 골대가 세워진 넓은 운동장이 나왔다. 수업 시간인지 운동장에는 아무도 없었다. 나는 운동장을 가로질러서 학교 건물 뒤편으로 향했다. 어딘지 알고 가는 거지? 그럼요.

그런데 뒤뜰이 나와야 할 자리에 처음 보는 이층짜리 건물이 있었다. 이상하다. 여기가 원래는 빈터였거든요. 내 말에 영하 언니가 두 손으로 빛을 가리고 건물 유리창 안을 들여다보았다. 급식실을 새로 지었나 본데? 언니를 따라서 건물 안을 들여다보자 흰 식탁들이 길게 이어져 있었다.

이 자리에 심었던 나무를 찾아야 하는데. 내가 중얼거렸다. 근처에 옮겨 심지 않았을까? 영하 언니가 말했다. 우리는 팻말이 꽂힌 플라타너스를 찾기 위해 교내에 심어진 나무들을 둘러보기로 했다. 나무 보러 오사카에 온 거야? 나무들을 살펴보며 영하 언니가 물었다. 나무도 보고, 언니랑 여행하고 싶어서요. 내가 대답했다.

같이 경기했던 친구랑도 나무 보러 다시 오자고 약속했었어요. 아무 나무나 사진 찍어서 보내봐. 어차피 모를걸. 은주는 알 거예요, 죽었으니까. 영하 언니가 나를 바라보는 것이 느껴졌다. 나는 영하 언니를 돌아보지 않고 계속 걸었다. 학교 안에는 플라타너스가 많았다. 어디에나 플라타너스가, 걷다가 문득 고개를 들면 그곳에도 플라타너스가 있었다. 그렇지만 교내를 두 바퀴 돌아도 팻말이 꽂힌 플라타너스만은 보이지 않았다. 쉬는 시간 종이 울리기 전에 우리는 교문을 빠져나왔다.

영하 언니와 나는 지하철을 타기 전에 담배를 피웠다. 흡연 구역에 세워진 흰 담벼락은 알 수 없는 그라피티들로 어지러웠다. 영하 언니는 담배를 입에 문 채 배낭에서 펜을 꺼내더니, 담벼락의 빈 곳을 찾아 무언가를 그리기 시작했다. 잠시 뒤 담벼락에 나타난 것은 삐죽삐죽하고 못생긴 나무 한 그루. 우리는 나무 그림을 바라보며 천천히 담배를 피웠다. 중간에 교복 입은 여자애가 안으로 들어왔다. 여자애는 담배에 불을 붙인 다음 우리를 따라 나무 그림을 쳐다보았다. 그 바람에 우리는 셋이 나란히 서서 나무를 보며 담배를 피우게 되었다. 이상하게 웃음이 날 것 같았지만 정말로 웃지는 않았다.

돌아가는 길에 영하 언니와 나는 지하철에 나란히 앉았다. 영하 언니는 내가 왜 축구를 그만두었는지, 은주가 왜 죽었는지 묻지 않았다. 언니는 늘 그렇듯 아무것도 묻지 않았다. 그 점은 내가 영하 언니를 좋아하는 이유이자 영하 언니를 미워하는 이유였다. 어느 순간 지하철 안으로는 초저녁 햇빛이 쏟아졌다. 고개를 들자 창밖을 스쳐 지나가는, 유리창이 금빛으로 물든 다정한 건물들. 이상하지, 이럴 때면 도시는 모두가 이해하지 못하는 농담 같았다.

난바역에 도착하자 낮과는 분위기가 사뭇 달라져 있었다. 곳곳에 네온사인이 켜졌고 사방에서 호객 소리가 들려왔다. 영하 언니는 식당부터 찾자고 했다. 둘 다 아침부터 제대로 먹은 것이 없었다. 우리는 화려

한 간판들을 지나치며 사람들에게 휩쓸려 걷다가 줄을 서지 않아도 되는 작은 식당으로 들어갔다.

허름한 미닫이문을 열고 들어간 식당에는 테이블이 네 개였고, 그중 하나가 비어 있었다. 우리는 카레와 닭튀김을 맥주와 함께 주문했는데 배가 고파서인지 전부 맛있었다. 나는 밥을 먹다가 언니, 하고 불렀다. 언니는 낮에 뭐 하고 지내요? 누워 있어. 누워서 뭐 하는데요? 나는 다시 물었다. 진짜로 말해줘? 아니면 거짓말로? 진짜로요. 그러자 영하 언니는 맥주를 들이켠 다음 말했다. 저주해. 온 마음을 다해서.

영하 언니가 누워서 저주하는 사람들은 다음과 같았다. 집주인, 극단 감독, 이백만 원 들고 도망간 후배, 전 남자친구, 전전 남자친구, 헬스장에서 번호 묻는 아저씨들, 초면에 반말하는 새끼들, 이종철, 김정옥. 마지막 두 사람은 누구냐고 묻자 영하 언니는 있어, 하고 대답했다. 시간이 모자랄 때면 여럿을 묶어서 한꺼번에 저주한다고도 했다.

너도 싫어하는 사람 있으면 해봐. 영하 언니가 말했다. 나는 저주할 만큼 싫은 사람은 없다고 했다. 그러면 안 돼. 영하 언니가 말했다. 남을 미워하지 않는 사람들은 스스로를 미워하게 된대. 말도 안 되는 말 같다가도, 곰곰 생각하다 보면 맞는 말이었다. 내가 나를 좋아하지 않는 것만큼은 확실했으니까.

그 순간 한 테이블이 소란스러워졌다. 회사원으로 보이는 남자 세 명이 동시에 의자에서 일어났다. 자세히 보자 그들 테이블 위에 커다란 사마귀 한 마리가 있었다. 안경 쓴 남자가 메뉴판으로 내리치려고 하자 사마귀는 펄쩍 뛰어 달아났고, 그 바람에 뒤에 있던 사람들까지 전부 일어섰다. 주방장이 나와 빈 사케 상자에 사마귀를 쓸어 담고 나서야 상황은 진정되었다. 주방장은 모두에게 허리 굽혀 사과한 다음 가게 밖으로 나갔다.

영하 언니는 잠깐만, 하더니 그를 따라 나갔다. 별안간 혼자 남겨진 나는 테이블에 놓여 있던 맥주병 뚜껑을 집어 손 안에서 굴려보았다. 까끌까끌한 테두리가 손바닥을 스치는 느낌이 나쁘지 않았다. 나는 그것을 점퍼 주머니에 집어넣었다. 잠시 뒤에 영하 언니가 사케 상자를 품에 안고 돌아왔다. 그 안에 사마귀 들어 있다고 말하지 마세요. 내가 말했다. 들어 있어. 영하 언니가 말했다. 밖에 풀어주는 게 낫지 않아요? 아까 메뉴판에

빗맞아서 다리를 다쳤더라고. 그래서 사마귀를 데리고 갈 생각이에요? 응. 제가 싫다고 해도 소용없죠? 응.

그렇게 해서 우리는 식당에서 들고나온 것이 많았다. 나는 병뚜껑을, 영하 언니는 사마귀가 들어 있는 사케 상자를 챙겨 나왔다. 아침에는 금괴를 옮겼는데 밤에는 다친 사마귀구나. 호텔로 걸어가는 길에는 백엔 샵에 들러 커다란 플라스틱 통 하나를 샀다.

*

호텔 객실에는 침대가 하나뿐이었다. 프런트에 전화해서 트윈 베드룸이 남아 있는지 물어볼까요? 내가 물었을 때 영하 언니는 괜찮다고 했다. 그냥 같이 자자. 그러더니 영하 언니는 짐을 풀기도 전에 사케 상자에 있던 사마귀를 플라스틱 통 안으로 옮겨주었다. 공기가 통하도록 뚜껑을 비스듬히 덮는 것도 잊지 않았다. 한국에 가면 제대로 된 사육장을 사야겠어. 언니, 사마귀는 한국에 반입 안 돼요. 밀반입하면 되지. 나는 대화를 포기하고 사마귀나 들여다보았다.

사마귀는 움직일 때마다 다리를 심하게 절었다.

생각보다 많이 다쳤나 봐요. 내가 말했다. 데리고 오길 잘했지? 영하 언니가 물었을 때 나는 대답하지 않았다. 영하 언니는 좋은 생각이 났다면서 객실에 있던 일회용 설탕을 미지근한 물에 녹인 다음 통 속으로 조금씩 떨어트렸다. 그러자 잠시 뒤 사마귀는 벽에 맺힌 물방울로 가까이 가더니 입을 대고 마셨다. 그 모습을 바라보는데 어디선가 쿠르르르르, 하는 소리가 들렸다. 알고 보니 호텔 배관 공사가 잘못되어 어느 객실에서든 물을 틀 때마다 소리가 나는 것이었다.

영하 언니가 씻는 동안에도 쿠르르르르, 소리는 계속되었다. 사마귀는 소리에 반응하지 않고 구석에 가만히 서 있었다. 너는 점잖은 사마귀구나. 나는 사마귀가 조용하다는 점이 마음에 들었다. 편의점에서도 나에게 안부를 묻는 손님보다 조용히 물건만 사 가는 손님이 더 좋았다. 다른 사람과 가까워진다는 것은 어떤 느낌일까? 눈만 바라봐도 그 사람의 마음을 알 수 있는 것. 그런 것에 대해서라면 나는 아는 바가 전혀 없다. 나는 은주가 어떤 마음이었는지 끝까지 알지 못했다.

우리는 씻은 다음 불을 끄고 침대에 나란히 누웠다. 영하 언니와 내 몸에서는 똑같은 비누 냄새가 났다. 쉽게 잠이 오지 않아 천장을 바라보다 보면 간간이 물소리가 들려왔다. 고래 배 속에 들어온 것 같아. 잠든 줄 알았던 영하 언니가 말했다. 우리는 피노키오랑 제 페토 할아버지인 거지. 내가 양보할 테니까 네가 피노키오 해. 저는 둘 다 싫은데요. 그러자 어둠 속에서 흰 손이 불쑥 나타나서 내 코를 움켜쥐었다. 뭐 하는 거예요. 코가 길어졌나 확인해봤어.

우리는 다시 깜깜한 천장을 바라보았다. 물소리 때문에 잠이 안 와요? 내가 물었다. 글쎄, 나는 원래 잠이 안 와. 그래서 피곤하니까 커피를 마시고 그러면 다시 잠이 안 와. 끔찍하지? 끔찍해요. 너는 왜 안 자? 잠자리 바뀌면 잘 못 자요. 잠시 뒤에 나는 다시 입을 열었다. 언니, 오늘 학교에 같이 가준 거 고마워요. 별말씀을.

오래 뒤척이던 영하 언니는 이내 잠들었다. 정말로 잠이 오지 않는 것은 나였다. 물고기를 천 마리 넘게 세어봐도 소용없었다. 잠이 오지 않을 때마다 물고기를 세는 것은 은주가 떠난 다음에 생긴 습관. 그동안 센 물고기들을 전부 합치면 태평양도 채울 수 있을 것이다.

별안간 마음이 조마조마해져 창을 열고 테라스로 나갔다. 두 사람이 서면 꽉 찰 만큼 작은 테라스의

난간을 붙잡자 식은 바람이 불어왔다. 삼 년 전 은주는 오사카에서 경기를 마치고 한국으로 돌아온 다음 날 생을 끝냈다. 지금도 나는 눈을 감으면 은주에게 나무를 다시 보러 오자고 말하던 장면으로 되돌아갈 수 있었다. 그때 은주는 그러자고 대답했다. 그러자. 은주는 분명 그러자고 말했다.

발밑으로 가로수의 검은 이파리들이 흔들렸다. 고개를 들면 침묵하는 건물들. 불길하게 이어지는 구름. 붉은 항공장애등은 끝없이 깜빡인다. 지금은 물고기들이 태평양으로 헤엄쳐 가는 시간. 여기는 마치 천국 같다. 나는 죽은 이의 언어. 흩어지는 연기. 인적 없는 골목.

*

다음 날 눈을 떴을 때는 영하 언니도, 협탁 위에 있던 사마귀도 보이지 않았다. 영하 언니에게 전화를 걸자 전원이 꺼져 있다는 안내가 흘러나왔다. 나는 자리에서 일어나 테라스로 나갔다. 9월의 오사카는 후덥지근했고, 나는 불안에 잠기지 않으려 애쓰면서 밤사이 창백해진 맞은편 건물들을 노려보았다. 영하 언니를 찾으러 가야겠다는 생각이 들었다. 찾아내면 하고 싶은 말이 아주 많았다. 십 분짜리 대화가 아닌, 시답지 않은 말들이 아닌, 처음 만난 사이에도 나눌 수 있는 얘기가 아닌 얘기들을 하고 싶었다. 오로지 영하 언니에게만 할 수 있는 말을 하고 싶었다.

그런데 영하 언니가 호텔 로비 커피숍에 앉아 있었다. 창가 자리에 앉아 커피를 마시면서. 가까이 다가가자 영하 언니가 나를 올려다보았다. 일어났어? 아무렇지 않은 목소리였고, 그 목소리를 듣자 목 끝까지 차올랐던 말들이 한순간에 가라앉았다. 휴대폰 왜 꺼놨어요? 내가 물었다. 어젯밤에 어댑터가 없어서 충전 못 했잖아. 프런트에 휴대폰 맡겨놨어. 쪽지라도 남겨놓지 그랬어요. 호텔 출입구가 하나인데, 뭘.

영하 언니는 손을 들어 종업원을 불렀다. 음료 뭐 마실래? 그제야 테이블에 놓인 디저트 삼단 트레이와 사마귀가 눈에 들어왔다. 디저트와 사마귀와 영하 언니를 번갈아 보다가 나는 블랙커피를 주문했다. 영하 언니는 나에게 크림을 가득 바른 스콘을 건네주었다. 맛있지? 네. 편의점 아닌 곳에서 언니랑 있으니까 신기해요. 나도 네가 삼각김밥 말고 다른 걸 먹으니까 신기해. 저 삼각김밥 좋아해요. 그러자 영하 언니는 그러지 말라고 했다. 그런 거 좋아하지 마. 앞으로는 더 좋은 것만 먹어.

언니는 언제 일어났어요? 나는 괜히 말을 돌렸다. 그건 모르겠는데 커피를 세 번 리필한 건 기억나. 나는 고개 숙여 플라스틱 통을 바라보았다. 언제 넣어놓은 것인지, 통에는 기다란 나뭇가지와 나뭇잎 몇 장이 들어 있었다. 정작 사마귀는 그것들에 전혀 흥미가 없어 보였다. 얘 살 수 있을까? 사마귀를 보며 영하 언니가 물었다. 나는 대답을 피하기 위해 스콘을 입에 집어넣었다.

우리는 트레이를 천천히 비운 다음 사마귀를 객실로 옮겼다. 햇빛이 잘 드는 자리에 사마귀를 올려두고는 잠시 들여다보았다. 얘도 우리를 보고 있는 것 같지? 영하 언니가 물었고, 나는 그런 것 같다고 대답했다. 영하 언니는 방에서 나올 때 방해 금지 표지를 문고리에 걸어두었다. 사마귀가 안정을 찾길 바라는 마음이라고 했다.

우리는 호텔에서 나와 도톤보리강 선착장까지

걸어갔다. 충전된 휴대폰을 돌려받을 때 프런트 데스크 직원이 추천해준 리버 크루즈를 타기 위해서였다. 매표소에는 부지런한 관광객들이 벌써 줄을 서 있었고, 그 중 대부분은 햇빛을 가리기 위해 손 그늘을 하고 있었다. 저러니까 더 관광객 같아 보이는 거야. 영하 언니가 나에게 귓속말했다. 그러나 잠시 뒤에는 영하 언니와 나 또한 손 그늘을 한 채 줄을 기다렸다. 사람들이 그러는 데는 다 이유가 있는 법이었다. 우리는 오후 일곱 시 승선권 두 장을 예매했다.

크루즈를 타기 전까지 난바역 근처 백화점에서 시간을 보내기로 했다. 외국 백화점에 가보는 것이 영하 언니의 소원이라고 했다. 백화점에 들어간 영하 언니는 곧장 명품관이 모인 층으로 올라간 다음, 처음 보는 이름의 매장 안으로 들어가 옷을 고르기 시작했다.

명품관이 어색한 나와는 달리 영하 언니는 매장 안을 여유롭게 둘러보다가 흰색 캐시미어 코트를 골라 입어보았다. 코트는 영하 언니가 입고 있는 티셔츠나 청바지와는 전혀 어울리지 않았고, 매장 직원들은 그런 언니를 못마땅하게 쳐다보았다. 그러거나 말거나 영하 언니는 그 뒤로도 매장들을 돌아다니면서 마음에 드는 옷들은 전부 입어보았다. 나는 그런 상황이 난처하고 부끄럽다가도, 영하 언니가 옷을 갈아입고 나올 때면 눈을 떼지 못하고 바라보았다. 나중이 되자 직원들은 우리에게 잘 가라는 인사조차 하지 않았다.

정작 영하 언니가 백화점에서 구매한 것은 지하 이벤트관에서 팔고 있던 모자 하나였다. 찌그러진 중절모처럼 생긴 모자 왼편에는 볼썽사나운 깃털 하나가 달려 있었다. 어때? 영하 언니가 모자를 쓴 채 나에게 물었다. 진짜로 말해줘요? 아니면 거짓말로요? 거짓말로. 얼간이 같아요. 그러자 영하 언니는 팔백 엔을 주고 모자를 샀다.

영하 언니는 모자를 쓰고 도톤보리 강가로 돌아갔다. 크루즈 시간이 사십 분 정도 남아 있어서, 우리는 벤치에 앉아 문어빵을 먹었다. 백화점에서 왜 그랬어요? 내가 물었다. 다른 사람이 되어보고 싶어서. 한 번도 입어본 적 없던 옷을 입으면 뭔가 달라질 줄 알았던 거지. 영하 언니가 대답했다. 나는 옷들이 언니에게 전부 잘 어울렸다고 말했다. 그런 문제가 아니야. 영하 언니가 말했다. 나는 내가 나인 걸 잊지 못해. 그래서 연기도 망한 거야.

우리의 대화는 거기서 중단되었는데, 얼핏 보아도 스무 마리가 넘는 비둘기들이 우리를 향해 빠른 속도로 다가오고 있었기 때문이다. 대체 왜 우리한테 오는 거지? 영하 언니가 나에게 묻는 와중에도 그들은 쉴 새 없이 고개를 까딱이며 다가왔다. 모자 때문이 아닐까요. 내가 말했다. 언니 모자에 달린 깃털 때문에요. 비둘기 떼가 가까이 왔을 때, 영하 언니는 모자를 벗어 그들을 향해 휘둘렀다.

새 깃털이 달린 모자로 새들을 쫓아내는 것은 꽤 효과적이었지만 아주 효과적이지는 않았다. 비둘기들은 두 걸음 물러났다가도 다시 우리를 향해 다가왔다. 영하 언니는 한 번 더 모자를 휘둘렀고, 이번에도 비둘기들은 정확히 두 걸음 물러났다가 다시 다가왔다. 한참이나 모자를 휘두르던 영하 언니는 이내 지쳐버렸다. 그런데 영하 언니가 모자를 휘두르지 않자, 우리를 향해 다가오던 비둘기들은 우리와 정확히 한 뼘 간격을 사이에 두고 멈췄다. 그들은 그 이상 다가올 생각도, 그렇다고 물러설 생각도 하지 않은 채 바닥에 있는 부스러기들을 쪼아댔다. 절대로 좁혀지지도 않고 넓혀지지도 않는 한 뼘의 간격. 우리는 말없이 그 간격을 바라보다가 크루즈 시간이 가까워지자 자리에서 일어났다.

선착장에 도착하자 노란 배 한 척이 우리를 기다리고 있었다. 영하 언니는 저렇게 작은 크루즈는 처음 본다면서도 승선할 때가 되자 누구보다 빠르게 움직였다. 배에 타서는 모자를 벗어 무릎 위에 올려두는 것도 잊지 않았다.

관광객들을 태운 배는 천천히 앞으로 나아갔다. 가이드가 마이크에 대고 주변을 설명해주는 듯했으나 일본어라서 알아들을 수가 없었다. 영하 언니와 나는 불이 들어온 낮은 건물들과 흐르는 물을 바라보는 데만 집중했다. 사람들은 왜 물가에 가면 곁에 있는 이에게 조금 더 다정해지는 걸까. 배에 탄 사람들은 들뜬 목소리로 서로에게 말을 걸었고, 가까이 붙어 앉아 사진을 찍었다. 나도 휴대폰 카메라를 켰다. 내가 찍은 것은 강물을 바라보는 영하 언니의 뒷모습이었다. 어두운 밤 편의점에서 백 번도 넘게 보았던 뒷모습. 영하 언니는, 푸른 밤 같은 뒷모습을 가진 영하 언니는, 삶에서 좋은 것은 전부 끝났다고 생각했을 때 내게 말을 걸어준 사람이었다.

중간에 가이드가 무슨 말을 하자 사람들이 놀라

는 기색이었다. 가이드는 손가락으로 강을 가리키면서 한국어로 인공 강이라고 말했다. 인공 강? 이게 다 가짜라고? 영하 언니는 실망했지만 나는 아무렇지 않았다. 나는 도시 불빛이 비쳐 반짝이는 강물이 여전히 아름답다고 생각했다. 물결에 따라 흔들리는 작은 배와 영하 언니가 아름답다고 생각했다. 나에게는 그 정도면 충분했다. 다리 위에 서 있는 사람들이 배를 향해 손을 흔들고 있었다. 나도 손을 들어 그들에게 인사했다. 영하 언니는 그런 나를 보면서 웃었다.

주택가를 지나갈 때 가이드는 마이크를 끄고 우리에게 조용히 해달라는 신호를 보냈다. 떠들던 사람들이 일순간 조용해졌다. 그중 몇몇이 눈 감고 소원을 빌기 시작하자, 그들을 따라 배에 탄 이들 모두가 소원을 빌었다. 소원을 빌지 않는 사람은 영하 언니와 나뿐인 듯했다. 배를 타고 처음으로 찾아온 정적 속에서 영하 언니가 조용한 목소리로 말했다. 나 헬스장 그만뒀어.

*

우리는 강을 따라 걷다가 벤치에 앉았다. 축축

한 강바람이 불어서 머리카락이 자꾸만 얼굴에 달라붙었다. 영하 언니는 헬스장을 그만두고 이사를 한다고 했다. 언제요? 돌아가자마자 바로. 나 여기랑 일할 거야. 나는 무슨 말인지 알아듣지 못하고 언니를 바라보았다. 밀수 말이야, 계속할 거라고. 영하 언니가 다시 말했다.

비둘기도 못 쫓는 사람이 무슨 밀수를 한다고 그래요. 나는 잠깐 입을 다물었다가 다시 말했다. 그럼 이제 언니 못 봐요? 편의점에 놀러 갈게. 영하 언니가 말했다. 나는 그 말에 대답하지 않았다. 그런 말은 아스팔트 위로 떨어지는 눈송이 같다. 금방 사라질 걸 알면서도 눈을 뗄 수 없다.

일어나서 호텔로 돌아가려는데 영하 언니가 나를 붙잡았다. 들어가기 전에 할 일이 있어. 뭔데요. 사마귀 먹이 구해야지. 농담인 줄 알고 영하 언니를 바라보았는데 표정이 진지했다. 진심이에요? 응. 이 시간에 사마귀 먹이를 어디서 구해요?

잠시 뒤에 나는 가로등 불빛 아래 서 있었다. 영하 언니는 날벌레를 잡으려 애쓰는 중이었고, 나는 그 옆에서 담배를 피웠다. 아니, 사실은 벌레를 잡기 싫어서 담배를 입에 물고만 있었다. 바보 같은 모자를 쓴 영하 언니가 허공에 팔을 휘두르는 모습은 정말로 볼만했다. 한적한 주택가 골목으로 언니를 끌고 온 것이 천만다행이었다.

정말 안 도와줄 거야? 영하 언니가 물었다. 네, 저는 지금이 좋아요. 내가 담배를 문 채로 대답했다. 영하 언니는 풀벌레를 잡기로 마음을 바꿨는지, 이번에는 덤불 밑을 살피기 시작했다. 영하 언니는 정말로 열심히 벌레를 잡으려 했고, 쪼그려 앉아 풀밭을 뒤지는 언니를 바라보다가 나는 문득 웃음이 터졌다. 내가 웃자 언니도 벌레를 찾다 말고 주저앉아 웃기 시작했다. 우리는 한참을 웃었는데, 그 순간만큼은 끔찍하게 못생긴 모자마저 예뻐 보였다. 결국 벌레는 잡지 못했지만 호텔 입구에서 우리는 답을 찾았다. 호텔 출입문 옆에 쳐진 거미줄에서 죽은 나방을 떼어낸 것이다.

객실로 돌아온 영하 언니는 사마귀부터 살폈다. 나도 따라서 들여다보았는데 상태가 심상치 않았다. 영하 언니도 나와 같은 생각이었는지 통을 열고 사마귀를 조심스레 건드려보았다. 벽에 기대어 있던 사마귀는 아무런 저항도 없이 바닥으로 쓰러졌다. 죽었네. 영하 언니가 말했다. 진짜 죽었어.

영하 언니는 한참 동안 통 안을 들여다보다가 사마귀를 묻어주겠다고 했다. 우리는 통을 들고 호텔 주변의 작은 화단으로 갔다. 그런 다음 부드러운 땅을 찾아 손으로 흙을 파냈다. 사마귀가 묻힐 만한 구덩이가 생기자, 영하 언니는 통 안에서 죽은 사마귀를 꺼냈다. 제가 묻어도 돼요? 내가 물었다. 영하 언니는 내 손바닥 위에 사마귀를 올려주었다. 그것이 내가 사마귀를 처음으로 만져본 순간이었다. 죽은 사마귀의 몸은 너무나도 가벼웠고, 쥐면 바스러질 것처럼 건조했다. 나는 구덩이 속에 사마귀를 넣은 다음 흙을 덮어주었다. 기도라도 해줄까요. 내가 말했다. 내 이름을 봐. 그런 건 아무 소용없어. 영하 언니가 말했다.

우리는 사마귀 무덤 앞에 오랫동안 서 있었다. 작고 평평한 무덤 앞에서 영하 언니는 나에게 좋은 것들은 왜 금방 끝나버리는 걸까, 하고 물었다. 언니에게 좋은 말을 해주고 싶었지만 아무 말도 할 수가 없었다. 무엇보다 나는 언니가 나에게 너무나 좋은 것이어서, 그래서 금방 끝나버렸다는 말을 끝까지 전하지 못했다.

아무 소용없을지도 모르지만, 무덤을 떠나기 전에 나는 은주에게 사마귀를 잘 부탁한다고 했다. 은주는 벌레를 무서워하지 않았으니까 사마귀와도 잘 지낼 수 있을 것이다. 난바역 호텔 주변 화단에서 사마귀는 고이 잠들었고, 영하 언니의 사마귀 밀반입 계획은 그렇게 수포로 돌아갔다. 나방은 거미에게 돌려줄까 생각하다가 사마귀 옆에 묻어주었다.

그날 밤 객실로 다시 돌아왔을 때 쿠르르르르, 하는 소리는 어제와 똑같이 들려왔다. 모든 것이 지나간 다음에도 호텔이 오랫동안 같은 소리를 내고 있을 거라고 생각하자 마음이 편안했다. 그래서 객실을 떠나기 전, 나는 영하 언니가 안 보는 틈을 타서 사마귀가 있던 통을 침대 밑에 깊숙이 넣어두었다. 운이 좋다면 빈 통은 오래도록 그 소리로 채워질 것이다.

*

간사이공항에서 나는 영하 언니에게 커피를 마시지 않겠냐고 물어보았다. 한국으로 돌아가는 비행기 시간은 한 시간 정도 남아 있었다. 주영, 당연한 건 묻지

마. 공항 카페로 들어간 영하 언니는 블랙커피를 두 잔 주문했다. 그중 한 잔에 샷을 두 번 추가하는 것도 잊지 않았다.

영하 언니는 공항에서도 모자를 쓰고 있었는데, 화려한 모자와는 달리 영하 언니의 얼굴은 핼쑥했다. 오는 내내 차 안에서 멀미를 한 탓이었다. 한국 가기 싫어서 멀미가 났나 봐. 영하 언니가 커피를 마시며 말했다. 저도 돌아가기 싫어요. 카페 테이블 위로 머그잔 두 개가 나란히 놓였다.

나는 영하 언니 뒤로 지나가는 여행객들을 바라보았다. 인조 대리석 위로 캐리어를 끄는 사람들. 그중 몇몇은 손에 푸른 여권이 쥐어져 있었다. 오늘 밤 그들은 어제와 다른 침대에서 눈을 뜰 것이다. 이곳이 어디인지 생각해내기 위해 잠시나마 애를 쓰다가 옆에 누운 이의 얼굴을 보며 안도할 것이다. 그렇게 가만히 앉아 사람들을 구경하고 있는데, 정말로 이상한 일이 일어났다. 수많은 사람 속에서 나는 영하 언니와 나를 발견했다.

움직이는 사람들 사이에서 그 둘은 멈춰 서 있었다. 멍하니 바라보던 중 그들이 이틀 전의 나와 영하 언니라는 사실을 깨달았다. 나는 그들이 멈춰 서 있는 이유도 알고 있었다. 이틀 전 양손에 짐을 들고 있던 나를 대신해서 영하 언니가 내 머리를 묶어주었던 것이다. 나는 영하 언니가 내 머리를 손으로 빗어 넘겨주는 모습을 바라보았다. 내 머리를 묶어줄 때 영하 언니는 저렇게 웃고 있었구나. 그 얼굴을 이제야 보다가, 나는 지금이야말로 오키나와에서 눈이 내리고 있다고 생각했다. 다시 돌아오지 않을 우리들의 짧은 기적. 몇 번의 시도 끝에 내 머리가 하나로 묶이자 두 사람은 걸음을 옮겨 내 시야 밖으로 사라졌다.

그들이 완전히 떠난 다음에 나는 앞에 앉은 영하 언니를 바라보았다. 커피를 다 마신 영하 언니의 얼굴은 한결 편안해 보였다. 나와 눈이 마주치자 영하 언니는 이제 그만 일어날까? 하고 물었다. 내리던 눈은 어느덧 그쳐 있었고, 점퍼 주머니에 손을 넣자 까끌까끌한 맥주 병뚜껑이 집혔다. 나는 그것을 천천히 굴리다가 대답했다. 그래요.

초록은 어디에나

'초록은 어디에나'는 오래전 겨울밤 산책을 하다가 우연히 떠올린 문구이다. 어두운 외투를 걸치고 거리를 걷다 보니 문득 초록이 보고 싶었다. 환한 초록, 자라나는 초록, 우글거리는 초록. 초록은 어디로 가버린 걸까? 나에게 초록은 따뜻한 슬픔의 색. 차고 단단한 파랑의 슬픔에 노란빛이 한 줄기 섞인 푸르름. 그러나 나는 질문하는 동시에 답을 알고 있다. 초록은 어디로 가는 법이 없다. 초록은 어디에나 있다.

오랫동안 잊고 지냈던 문구를 다시 떠올린 것은 이번 소설집을 묶으면서이다. 세 편의 소설을 나란히 묶는 동안 내 마음은 온통 초록이었다. 소설에도 색이 있다면 이번 소설집은 초록, 그중에도 밝은 초록이었으면 좋겠다.

「초록 고래가 있는 방」— 도연의 비상구

도연은 술 마시는 일을 비상구를 연다고 표현한다. 부엌 식탁에 가만히 앉아서 술을 몇 모금 넘기다 보면 비상구가 열렸고, 그 문 너머로는 고요한 세상이었다고. 여기서 나오는 비상구는 고백건대 나의 오래된 갈망에서 비롯되었다.

어렸을 적 나는 거대한 흰 문을 상상하곤 했다. 그 문 너머에는 아무것도 존재하지 않는 밝고 흰 공간이 있다. 그곳의 규칙은 시간이 흐르지 않는다는 것, 그리고 마음만 먹으면 언제든 현실로 돌아올 수 있다는 것. 시간이 멈춘 곳에서 내가 할 수 있는 일은 잠을 자거나 끝없이 공상하기뿐이다. 그런 공간이 실재한다면 얼마나 좋을까? 나는 시간에 구애받지 않고 생각에 잠기거나 마음을 차분히 정리할 수 있는 곳을 꿈꿨다.

그런 마음 때문이었나. 나는 열다섯 살 여름방학 때 친구와 함께 학교 매점 옆에 버려져 있던 책걸상을 주워 왔다. 나는 책상, 친구는 의자를 들고 학교 운동장을 가로지르고, 횡단보도를 건너, 저층 아파트 계단을 다섯 층 올라가서(엘리베이터가 없었다) 옥상 철문을 열었다. 옥상에 내려놓고 보니 책상에는 커다란 구멍이 뚫려 있었고 의자는 균형이 맞지 않았다. 나는 구멍 뚫린 책상에 걸터앉아 물었다. 이 정도면 나쁘지 않지? 친구는 의자에 앉아 약간 기울어진 채로 대답했다. 응.

우리가 수많은 아파트 중 그곳을 선택한 이유는, 첫째 옥상이 언제나 개방되어 있었고(그러나 아무도 관심이 없는 듯했고), 둘째 한강이 내려다보였기 때문이다. 친구와 나는 그곳을 아지트로 썼다. 우리가 이곳에 있다는 사실을 아무도 모른다는 것이 마음에 들었고, 반짝이는 강물을 내려다보면 학교에서는 하지 못했던 이야기들이 흘러나왔다. 우리는 그곳에서 해가 지는 모습을 여러 번 구경했다. 그렇게 싫어하던 석양도 그곳에서는 볼만한 것이 되었다.

그러나 학년이 올라가면서 친구는 바빠졌고, 나는 대부분 혼자서 옥상을 찾게 되었다. 책걸상만 놓인 옥상에서는 할 일이 그다지 많지 않았다. 당시에는 스마트폰도 없었으니 하는 일이라고는 노래를 듣거나 해가 지는 것을 구경하는 것뿐. 비밀스러운 공간이 주는 흥분감은 어느덧 사라지고 무료함만이 남았다. 그렇다고 달리 갈 곳도 없으니 습관처럼 찾게 되는 옥상⋯⋯.

언젠가부터 나는 기울어진 의자에 앉아 생각에 잠기기 시작했다. 머리 위로는 끝없는 파랑, 발밑으로는 일렁이는 강물. 옥상은 필연적으로 생각이 많아지는 공간이었다. 그동안 친구와 나는 이곳에서 무엇이든 털어놓고 싶어지는 마음을 서로에게 쏟아내곤 했다. 그러나 혼자일 때는 어떻게 해야 하나. 처음에는 휴대전화를 꺼내어 메모장에 두서없는 문장들을 적었다. 어지러운 일기를 몇 차례 쓰고 나서야 책상에 앉아 노트를 펼쳤다. 나의 속도와 나의 상상대로 흘러가는 세계를 만들어내는 기쁨을 그때 처음 알게 되었다. 그해 여름, 나는 옥상에서 다섯 편의 시를 완성했다.

첫 책을 내고 작가라는 꿈을 어떻게 가지게 되었는지에 대한 질문을 종종 받았다. 그때마다 내 머릿속에 떠오르는 것은 상상 속의 거대한 흰 문, 그 문이 열게 해준 또 다른 철문, 초록색 방수 페인트가 칠해진 넓은 옥상, 그곳에 놓인 구멍 뚫린 책상과 기울어진 의자 하나. 그러나 이 모든 것을 얘기할 자신이 없어서 나는 그저 중학교 때 다녀온 문예 캠프라고 대답해왔다. 재미없는 대답을 뒤늦게 반성하는 마음으로, 이곳에 진짜 대답을 적어둔다.

추신: 책걸상은 재작년 봄 아파트 옥상 방수 공사와 함께 사라졌다. 다른 지역으로 이사하면서 몇 년간 옥상을 찾지 못한 적도 있었고, 성인이 되고 나서는 일 년에 두어 번 가보는 것이 전부였지만, 책걸상이 사라졌을 때 내가 느낀 상실감은 이루 말할 수 없었다. 오랜 세월 동안 빛이 바래고 녹슬긴 했어도 책걸상은 언제나 같은 자리에 있었다. 나는 그곳에서 좋아하는 사람들과 함께 시간을 보내거나, 반대로 사람들을 피해 혼자만의 시간을 보냈다. 소설이 잘 쓰이지 않아 답답한 마음에 찾아가기도 했고, 등단 전화를 받고 나서 달려가기도 했다. 그러나 마음의 준비를 할 새도 없이 책걸상은 십이 년 만에 사라져버렸다. 곧 있으면 옥상도 사라질 것이다. 오래된 아파트는 재건축이 확정되어 내년이면 허물어진다고 한다.

금방 사라진다는 사실 때문일까. 최근에는 옥상 생각을 중학교 때만큼이나 자주 하고 있다. 그러다 보니 옥상의 철문은 물론 잊고 있었던 어릴 적 상상 속의 흰 문도 떠올리게 되었다. 그리하여 소설에도 비유로나마 그 문이 등장하게 된 것이 아닐까? 뒤늦게 짐작해본다.

「사려 깊은 밤, 푸른 돌」 ― 장국영과 나름

식물에게 빗물이 보약이라는 사실을 알려준 사람은 나의 할아버지. 할아버지 집 거실 창가 자리는 전부 화분들이 차지하고 있는데, 식물이 유난히 잎을 떨군다거나 기운이 없어 보일 때 할아버지는 아파트 화단에 화분을 내놓고 비를 맞힌다. 그러다 하루는 아끼는 화분 세 개를 몽땅 도둑맞아버렸다. 이런…….

할아버지는 그 일을 웃어넘겼지만, 정작 나는 지난 몇 년간 종종 그들을 떠올려보고는 했다. 상태가 좋은 식물들도 아니었는데 잘 지내고 있을까? 부디 식물을 잘 돌볼 줄 아는 도둑이었으면……. 「사려 깊은 밤, 푸른 돌」의 첫 장면은 그렇게 쓰이게 되었다.

식물 얘기가 나와서 조금 덧붙이자면, 나는 현재 녹보수, 스투키 그리고 비올라를 키우고 있다. 몇 년 전에 김조한이라는 이름의 선인장을 허무하게 떠나보낸 후로 다시는 식물을 키우지 않겠다고 다짐했지만, 역시 세상에는 무슨 일이든 일어나기 마련. 지난 삼 년간 각자 다른 세 사람에게 식물을 선물받았다. 내가 모르는 새 화분 선물이 인기를 끌고 있는 것일까? 최근에 선물받은 비올라는 북 토크를 하러 갔다가 도서관 사서분에게 받았다. 그분은 비올라 화분과 함께 작은 팻말을 나에게 쥐여주며 비올라의 이름을 지어달라고 했다. 그렇게 탄생하게 된 비올라의 이름은 나름. 비올라가 나름대로 잘 자랐으면 하는 마음에서였다. 나름의 사전적 의미는 '각자가 가지고 있는 고유의 방식 또는 그 자체'. 비올라의 미래를 응원하기 위해 지은 이름인데, 책상에 올려놓고 나름이라고 적힌 팻말을 바라보면서 힘을 얻는 것은 오히려 내 쪽이다. 나름이라는 단어는 되뇔수록 어쩐지 용기가 생긴다. 나는 나름대로 살 것이고 나름대로 쓸 것이다. 나름이라는 단어가 가져다주는 작은 긍지가 좋다.

추신: 녹보수는 어느덧 사 년째 나와 함께하고 있다. 녹과 보수, 투박한 단어들의 조합이 떠오르는 촌스러운 이름이라고 생각했는데 며칠 전 녹보수가 '녹색 보석 같은 잎을 가진 나무'의 준말이라는 사실을 알게 되었다. 녹과 보수가 아니라 녹색 보석이었구나. 녹보수에게 미안한 마음이 든다.

「오키나와에 눈이 내렸어」— 커피, 걷기, 물가

소설은 어떻게 쓰는 걸까. 잘 모르겠다. 다만 나는 소설을 쓸 때 사람들과의 만남을 최대한 줄이고 생활을 단순화한다. 한두 잔의 커피를 마신 다음 한 시간 정도 산책한다. 산책할 때는 물가를 선호해서 탄천을 걷는다. 매일 반복되는 커피, 걷기, 물가. 진부하지만 좋은 것들.

다시 생각해보니 그리 좋은 것만은 아니구나. 물가 걷기는 그렇다 쳐도 커피는 몸에 좋지 않으니까. 영하 또한 잠을 제대로 자지 못하니 피곤해서 커피를 마시고, 커피를 마셨기에 다시 잠이 오지 않는다고 말했다. 수면에 방해될 걸 알면서도 커피를 끊을 수 없는 영하의 마음을 나는 십분 이해한다. 커피를 끊을 수 없는 것은 단순히 마음의 문제만은 아니다. 하루라도 커피를 마시지 않으면 찾아오는 엄청난 카페인 두통…….

최근 들어 나는 카페인 섭취를 줄이기 위해 커피를 하루에 한 잔 이상 마시지 않는다.

이러나저러나 커피, 걷기, 물가가 나의 글쓰기에 지대한 도움을 주는 것만은 사실이다. 셋 중 하나라도 없다면 소설을 제대로 쓸 자신이 없을 정도니까. 그래서 세 가지가 실컷 나오는 소설 「오키나와에 눈이 내렸어」를 써보았다. 커피 없이는 하루도 버티기 힘든 인물들이 많이 걷고 돌아다니면서, 강물을 바라보는 그런 소설. 거기에 덧붙여서 대책 없는 여자들의 이야기를 쓰고 싶었다. 다 쓰고 나니 조금 더 대책 없었어도 좋았을 것 같지만.

첫 번째 질문으로 다시 돌아오자면, 소설은 어떻게 쓰는 걸까? 곰곰 생각해보아도 여전히 알 수 없다. 당장 추측해보자면 커피, 걷기, 물가가 반복되는 중에 생긴 틈새로 흘러나온 것들이 모여서 소설이 되는 것일지도. 혹은 커피 한 숟갈, 걷기 한 숟갈, 물가 한 숟갈을 넣고 섞다 보면 마치 연금술처럼 생성되는 것이 소설일 지도 모르겠다.

추신: 최근에 새로 방문한 카페에서 티커피라는 음료를 처음 마셔보았다. 차도 좋아하고 커피도 좋아하지만 둘을 합친 음료는 처음이었다. 그렇게 해서 마셔본 음료는? 눈이 번쩍 뜨일 만큼 맛있었다. 커피와 차의 장점만 골라낸 듯한 티커피의 향은 화려하면서도 산뜻했다. 마침 원액을 인터넷으로 주문할 수가 있어서 당장 구매하려다가 가까스로 참아냈다. 티커피를 일상이 아닌 특별함으로 남겨두고 싶었기 때문이다. 커피, 걷기, 물가가 일상과 글쓰기를 지탱하는 힘이 되어주고 있지만, 그 이상의 특별함이 필요한 날도 있는 거니까. 티커피는 그날을 위해 아껴두기로 했다.

『초록은 어디에나』에 실린 세 편의 소설을 쓰는 동안에는 유독 슬픔의 여러 모습에 대해 생각했다. 찬장 속 위스키와 말랑말랑한 혹, 흐드러지게 핀 능소화와 보조개, 추위로 얼룩진 이파리들, 사마귀 무덤, 깃털 모자, 배를 향해 손을 흔들어주던 다리 위 사람들. 저마다 나름의 초록을 품고 있는 장면들. 그것들을 한데 묶어 작은 책을 낼 수 있게 되어 기쁘다.

해설

이 만남은 꿈이 아니다

— 박혜진(문학평론가)

만남의 형이상학

만남은 다 낙타와 고래의 만남이다. 사막에 사는 낙타와 바다에 사는 고래가 만나기 위해서 낙타는 사막을 벗어나야 하고 고래는 물속을 벗어나야 한다. 사막을 벗어난 낙타는 낙타가 아닐 것이고 물속을 벗어난 고래도 고래가 아닐 것이다. 만남은 다 낙타와 고래의 만남이라는 내 말에는, 만날 때 우리가 더는 이전의 자신으로 정의될 수 없다는 의미가 담겨 있다. 낙타가 낙타에서 벗어나고 고래가 고래에서 벗어날 때 비로소 만남은 이루어진다. 만남은 존재의 벗어남이기 때문이다.

존재의 벗어남으로서의 만남이란 물리적 부딪침으로서의 만남과 구분된다. 일시적인 동행과도 물론 같지 않으며, 시간을 함께 보낸다는 것 역시 만남의 충분조건은 아니다. 만남이란 차라리 존재론적 부딪침이다. 존재와 존재가 부딪칠 때 각자는 더 이상 이전의 속성으로 살아갈 수 없는 이형의 상태가 되고 만다. 그 상태를 일컬어 상처에 의한 파괴라 부를 수도 있을 테고 성장을 위한 변형이라 부를 수도 있을 테지만, 무어라 부르든 그 과정에는 반드시 변화가 포함된다. 나를 보존한 채로 지속되는 만남은 즐비하다. 일상의 만남이 대부분 그러하니까. 그러나 보다 높은 차원으로서의 만남은 보존에 적대적이다. 만남은 변화를 전제하고, 변화가 내포된 만남은 끝내 새로운 인격을 탄생시킨다.

우리는 숱한 만남 가운데 오직 결정적인 만남들에 의해서만 변한다. 나를 둘러싸고 벌어지는 많은 일을 규명할 수 없지만, 그중에서도 가장 알아낼 수 없는 일은 그런 몇 번의 결정적인 만남일 것이다. 그때 그 사람을 만나지 않았더라면, 지금이 아니라 바로 그때 이 사람을 만났더라면, 생은 분명 다른 방향으로 진행되었을 테니까. 그러나 우리는 만남에 개입할 수 없거나, 있다 해도 결정적 개입이란 불가능할 수밖에 없다. 만남은 결코 혼자 힘으로 달성할 수 있는 일이 아닌 탓이다. 너무 많은 조건과 너무 많은 가능성이 하나의 만남에 관여한다. 신이 있다면, 그의 생업은 '만남'이라는 변곡점들을 주관하는 데 있을 것이다.

그러므로 성공한 인생이란 자기 삶의 훌륭한 해석자가 되는 것이라고 할 때, 우리가 해석해야 할 가장 난해한 문제는 만남에 관한 일일 수밖에 없겠다. 누군가는 그 만남을 인연이라 부르고 누군가는 그 만남을 우연이라 부를 것이다. 그러나 나는 내 삶에도 주어졌던 몇 번의 만남을 무어라 불러야 할지 아직 모르겠다. 여기 실린 세 편의 소설을 읽으며 그 만남들을 기적이라 불러야 하는 줄 알게 되었다. 그래, 내가 물 흐르는 것처럼 자연스럽게 이상한 임선우 소설의 고정 독자가 된 이유도 여기에 있었지. 임선우는 낙타와 고래를 만나게 하는 기적을 주관한다. 사막에 사는 낙타와 바닷속에 사는 고래가 만나기 위해 낙타는 사막을 벗어나고 고래는 물속을 벗어나는 이야기. 임선우의 소설에는 존재를 벗어나는 만남이 있다. 만남의 예술이 있고, 만남의 철학이 있다.

그리고 그에 앞서 이야기로서의 만남이 있다.

간헐적 낙타와 초록 고래의 만남

임선우의 소설에서 만남이 이루어지는 방식은 대체로 초현실적이다. 「초록 고래가 있는 방」이 대표적이다. 소설은 아래층 위층에 살고 있는 두 여성이 기이하고도 자연스러운 만남을 시작하며 전개된다. 아래층에 사는 '나'는 천장에서 물이 새자 윗집을 찾아가지만 집주인을 만나는 데 번번이 실패한다. 그러던 어느 날 윗집에 누군가가 있다는 걸 확인한 '나'는 오늘이야말로 집주인을 만나겠다는 일념으로 문을 두드리는데, '나'의 눈앞에는 웬걸, 사람이 아니라 낯선 낙타 한 마리가 서 있다. 하지만 둘의 만남은 기이한 만큼 자연스러워서, 두 사람 사이에 존재하는 인간과 낙타의 종 차이는 서사의 진행에 있어 그다지 위협적인 요소로 작동하지 않는다.

오히려 둘의 다름은 두 사람이 서로를 이해하는 결정적인 배경으로 기능한다. 윗집 여자는 누수공사를 곧바로 시작하는 대신, 공사 중에 자신의 정체가 드러나지 않도록 당분간 집을 바꿔 지내자는 제안을 한다. 윗집 여자가 낙타가 아니었다면 잠시나마 두 사람이 서로의 공간에 들어가 상대방의 집에서 살아보는 경험은 하지 못했을 것이다. 집을 바꾼다는 건 여지없이 그 사람이 되어보는 경험을 포함한다. 서로의 집에서 사는 두 사람에게 서로의 사정이 베일을 벗는 건 당연해 보인다. 그들의 사연인즉, 남편의 죽음 이후 무기력에 빠져 있던 윗집 여자는 자살 시도를 한 적이 있다. 그때를 시작으로 여자는 죽으려고 할 때마다 낙타로 변한다. 낙타로 변한 뒤 우울감이 지나가고 나면 무료함이 찾아왔고, 심심함을 달래기 위해 음성으로 일기를 쓴 것이 소설을 쓰는 데까지 이어졌다는 사연. 그렇게 완성한 두 편의 소설이 있는데, 그걸 아랫집 여자가 읽어줬으면 하는 바람을 품게 된 것 역시 아랫집 여자의 집에서 그녀의 '글 썼던 과거'를 알게 됐기 때문이다. '나'는 한때 영화 극본을 쓰고 연출까지 한 적이 있다. 그 영화의 제목은 〈초록 고래〉. 그러나 〈초록 고래〉는 수면제라는 조롱을 받을 정도로 흥행은 물론 평가에도 참패하며 지금의 '나'를 술의 세계로 이끈 주범이다.

낙타로 변한 여자가 극도의 상실감에 빠져 있다면 '나'는 〈초록 고래〉의 처참한 실패 속에서 헤어나오지 못하고 있는 중이다. 낙타와 고래가 되어 집 밖으로 나오지 못하던 두 사람이 각자의 상처로부터 가장 멀리 도망간 곳은 서로의 집이다. 이들의 만남은 아래층과 위층 사이, 즉 이웃의 만남으로 시작되었지만 서로의 공간을 통해 각자가 비밀스럽게 품고 있는 과거의 일부를 알게 되며 낙타와 고래라는 내면의 만남으로, 즉 존재의 만남이라는 다른 차원으로 접어든다. 이제 두 사람의 만남은 낙타 여자가 쓴 소설 속으로 이동해간다. 세로 210센티미터 가로 180센티미터짜리 대형 커튼의 모습으로 종일 천장에 매달려 있는 남편을 안쓰러워하는 아내의 이야기라든가, 슬픔을 느낄 때마다 푸른 돌을 뱉어내는 주인공이 등장하는 이야기 속에서 두 사람은 새롭게 만날 것이다.

"오늘 제 모습은 비밀로 해주세요."(13쪽) 두 사람의 만남은 '비밀'이라는 새로운 공간을 탄생시킨다. 처음 만났을 때 두 사람 사이의 비밀이란 윗집 여자가 가끔씩 낙타로 변한다는 것이었지만, 서로의 이야기 속에서 다시 만난 두 사람 사이의 비밀이란 눈에 보이는 형태 변화에 관한 것만은 아닐 것이다. 혼자만 보던 글을 상대에게 보여주고 싶은 마음이 생기고, 글을 읽거나 쓰지 못한 채 얼음같이 굳어 있던 마음이 조금 녹기도 하면서, 두 사람의 몸과 마음에 변화가 생긴다. 두 사람만 알 수 있는 그 변화를 비밀이라고 할 때, 비밀이 생겼다는 건 두 사람이 '만남'에 성공했다는 증거에 다름 아니다. 낙타는 낙타에서 벗어나고 고래는 고래에서 벗어나고 있다는 증거이자, 두 사람이 만났다는 증거. 비밀을 공유할 때 두 사람은 이전의 존재에서 벗어나며 타인과 뒤섞인다.

슬픔을 버린 사람과 슬픔을 주운 사람

「사려 깊은 밤, 푸른 돌」에서도 서로 모르는 사이인 두 사람이 만나면서 문제가 벌어지고 해결된다. '나'는 집에서 기르던 홍콩야자나무를 도둑맞았다. 집 안에서 시들어가고 있는 홍콩야자나무를 살리기 위해 비가 내리는 날 부러 내놓은 화분이었다. CCTV를 통해 수상한 사람들이 없는지 확인한 끝에 '나'는 이웃집 여자가

자신의 홍콩야자나무 '장국영'을 훔쳐갔음을 알게 된다. 여자에게 복수하기로 마음먹은 '나'는 슬플 때마다 뱉었던 돌을 넣은 선인장 화분을 여자에게 선물한다. '나'는 슬픔을 느낄 때마다 돌을 뱉는다. 그러고 나면 불안과 슬픔이 사라진다. 그 돌들의 효과가 있었던 걸까, 화분을 받은 이후 여자는 시름시름 앓기 시작한다.

　　뱉어진 돌에는 여러 가지 의미가 있다. 먼저, 여자가 뱉은 돌은 그것을 공유하는 사람들에게 영향을 미친다. '나'는 슬플 때 돌을 뱉으면 마음이 한결 좋아지지만, 밖으로 내뱉어진 돌들로 인해 다른 사람들의 마음이 좋지 않게 변하며 슬픔이 공유된다. 그런 이유로 '나'는 뱉은 돌들을 밀폐된 용기에 보관하곤 한다. 슬픔이라는 주관적이고 개인적인 감정이 돌이라는 형태로 물질화하는 것은 또 다른 의외의 상황을 낳는다. 물질이 선행하고 인식이 그것을 뒤따르는 것인데, 이를테면 슬퍼서 돌을 뱉던 '나'는 언젠가부터 돌이 뱉어지는 걸 보고서야 자신이 지금 슬프다는 것을 알게 되는 식이다. 슬픔이 먼저 있고, 슬프다는 느낌이 후에 온다. 슬픔의 물질화와 함께 '나'는 슬픔과 분리된다.

　　가시화된 물질로 감정을 표현할 수 있다는 것은

상대방으로 하여금 '나'의 심리적인 상태를 객관적으로 알게 하는 방법이 된다. 그러나 타인에게 '나'의 슬픔이 선명해질수록 '나'는 자신의 슬픔으로부터 소외될 수밖에 없는 구조가 선명해진다는 것은 딜레마가 아닐 수 없다. '나' 자신이 '나'의 슬픔에 있어 원본이 될 수 없다는 사실은 근본적인 문제를 낳는다. 슬픔을 뱉은 사람도, 뱉어진 슬픔의 영향을 받는 사람도, 그것이 자신의 슬픔인지 알 수 없는 상황에 처한다는 것이다. 누구도 그 감정의 주인이 되지 않는다는 것은 감정으로부터 홀가분해지는 일일까, 궁핍해지는 일일까.

"그러면 내가 지금 느끼는 슬픔은 내 것이 아닌가? 네가 슬퍼지는 순간부터는 네 슬픔이지. 내가 대답했다. 어렵다. 난 복잡한 건 질색이라. 그러더니 희조는 크게 기지개를 켰다."(72쪽)

장국영을 훔쳤던 여자, 희조에게는 도벽이 있다. 작년까지 실업팀 수영 선수였던 희조는 교통사고로 어깨를 다치는 바람에 선수 생활을 그만두었다. 도벽은 선수 시절 감독의 스톱워치를 훔치며 시작됐는데, 아무것도 안 하면서도 손에 무엇인가가 쥐어져 있다는 것이 선물 같고 좋았다 한다. 자신의 소유물이 아닌 것을 쥐고 있어야 하는 희조와 자신의 슬픔을 뱉어내는 여자 사이에는 의도하지 않은 결합이 벌어진다. 여자가 뱉은 돌이 희조에게 가 있는 동안에 희조에게는 훔치고 싶은 마음이 들지 않는다는 것이다. "대신에 엄청나게" 쓸쓸하고 슬픈 것마저 피할 수는 없다. 그때 이 슬픔은 누구의 슬픔일까. 슬픔의 출처가 중요하다면 '나'의 슬픔일 테고 슬픔의 작용이 중요하다면 희조의 슬픔일 것이다. '나'의 슬픔과 희조의 슬픔이 뒤섞여 누구의 슬픔이 얼마만큼 차지하고 있는지 알 수 없어진 상황. 문자 그대로 이들은 슬픔의 공동체가 된다. 슬픔을 버린 사람도 슬픔을 준 사람도 모두 슬픔의 주체가 될 수 있다. 슬픔의 물질화는 '나'를 슬픔으로부터 분리시키는 데 그치지 않고, 서로의 슬픔이 교환될 수 있는 가능성을 의미한다.

삼각김밥과 샷 추가한 커피

「오키나와에 눈이 내렸어」에서도 두 사람의 만남이라는 설정은 계속된다. 앞의 두 소설이 비교적 적

대적 관계에서 시작된 만남인 것과 달리 주영과 영하 두 사람은 한 건물의 일 층에 있는 편의점과 사 층에 있는 헬스장 직원으로 만난다. 사 층에서 일하다 커피를 사러 내려오는 영하와 일 층 편의점에서 일하고 있는 주영은 십 분이라는 짧은 시간을 공유하는 사이가 된다. 그러나 둘의 사이가 십 분이라는 물리적 시간으로만 환원되는 것은 아니다. 주영에게 영하는 왜 맨날 삼각김밥만 먹는지 물어봐준 사람이고, 영하에게 주영은 왜 밤마다 커피를, 그것도 샷 추가한 커피를 마시는지 물어봐준 사람이다. 무엇보다 주영에게 영하는 "삶에서 좋은 것은 전부 끝났다고 생각했을 때"(127쪽) 말을 걸어준 사람이다. 두 사람은 매일 밤 십 분, 혼자가 아니라고 생각한다.

　　오십만 원을 벌기 위해 오사카에 금괴를 배달하러 같이 가자는 영하의 제안을 주영이 덜컥 수락한 것도 그런 이유 때문일 것이다. 오사카는 오십만 원을 벌기 위해 찾아간 공간이기는 하지만 '나'에게는 축구 선수 유망주였던 시절의 향수가 남아 있는 곳이고, 삼 년 전 목숨을 끊은 친구 은주와 함께 경기한 기억이 남아 있는 곳이기도 하며, "나무 보러 다시 오자고 약속"(114쪽)했던 곳이기도 하다. 오사카 여행을 통해 두 사람은 화해하지 못한 과거의 자신과 만난다. '나'는 축구 선수 시절의 자신을 만나고, 영하는 '나'로부터 벗어나지 못해 연기를 할 수 없었던 지난 시절의 자신과 만난다. 외국 백화점에 가보는 것이 소원이라는 영하는 매장을 돌아다니며 마음에 드는 옷을 다 입어본다. 살 생각도 없으면서 직원들의 눈치를 감수해가며 옷을 입어보는 영하에게 이유를 묻자 영하는 자기를 잊기 위해서라고 말한다. "나는 내가 나인 걸 잊지 못해. 그래서 연기도 망한 거야."(125쪽)

　　타인과의 만남에서 비롯되었던 이야기들은 세번째 소설에 이르러 자신과의 만남이라는 새로운 차원으로 진입한다. 두 사람은 오사카에서 불면의 밤을 보내고, 이들의 불면에는 오랜 시간 동안 쌓아왔던 불안의 겹들이 쌓여 있다. 자신에게서 벗어나지 못해 자신과 만날 수 없었던 두 사람이 서로를 만나 자신으로부터 벗어나는 과정. 죽은 사마귀를 묻어주고 한국으로 돌아오는 공항에서 주영은 수많은 사람 속에서 영하 언니와 자신을 발견한다. 다음 장면은 이틀 전의 자신과 현재의 자신이 만나는 장면이다. 내게는 이 소설집의 절정과도 같이 보였다.

　　"움직이는 사람들 사이에서 그 둘은 멈춰 서 있었다. 멍하니 바라보던 중 그들이 이틀 전의 나와 영하 언니라는 사실을 깨달았다. 나는 그들이 멈춰 서 있는 이유도 알고 있었다. 이틀 전 양손에 짐을 들고 있던 나를 대신해서 영하 언니가 내 머리를 묶어주었던 것이다. 나는 영하 언니가 내 머리를 손으로 빗어 넘겨주는 모습을 바라보았다. 내 머리를 묶어줄 때 영하 언니는 저렇게 웃고 있었구나. 그 얼굴을 이제야 보다가, 나는 지금이야말로 오키나와에서 눈이 내리고 있다고 생각했다. 다시 돌아오지 않을 우리들의 짧은 기적."(133~134쪽)

　　오키나와에 눈이 내린다는 문장은 금괴를 전달할 조직원에게 전해달라는 편지에 쓰여 있던 표현이다. "오키나와에 눈이 내렸어. 다음 주 일요일 저녁 7시 우메다역 앞에서 봐."(108~109쪽) 2016년, 동양의 하와이라 불리는 오키나와에는 기상 관측 사상 처음으로 눈이 내렸다고 한다. 하지만 오키나와에 눈이 내렸다는 말은 그런 기상학적 진실을 의미하기보다는 불가능한 것처럼 보이는 일이 성공적으로 완성되었음을 의미하는 표현에 더 가까울 것 같다. 그리고 이틀 전 공항에서 자신의 머리를 묶어주며 웃고 있는 언니의 얼굴이야말로 오키나와에 내린 눈과도 같은 기적, 다시 돌아오지 않을 짧은 기적과도 같다.

　　소설에서 존재와 존재가 만나는 것은 당연한 일 같지만, 그 당연한 일들은 종종 현실의 벽에 가로막혀 새로운 만남으로 상상되지 못한다. 개연성이라는 현실의 논리가 만남을 가로막는 것일까, 만남에 대한 상상력의 빈곤이 현실의 논리를 더 공고히 만드는 것일까. 아마도 뒤섞인 채로 '만남'은 점점 더 편협한 의미로서의 만남에 국한되고 있는 것 같다. 이런 변화 속에서 임선우의 소설은 관습화된 현실을 넘어 만남을 창작하고, 그럼으로써 '만남'에 대한 우리의 잠긴 생각을 열어젖힌다. 일상적 시공간에서 경험하는 급진적이고 돌발적인 상황을 의연하게 수용하는 인물들의 반응을 통해 우리 또한 새로운 만남들에 익숙해지고 조금은 의연해지는 변화를 경험한다. 만남은 우리 삶의 통로이자 출구다. 여기 수록된 소설들을 읽으며 나는 만남의 의미와 가능성에 대한 새로운 믿음을 갖게 되었을 뿐만 아니라, 만남의 예술이자 만남의 철학, 그에 앞서 이야기로서의 만남을 주관하는 임선우가 사람과 사람 사이에 놓고 있는 이 수많은 연결이 우리 삶의 새로운 통로이자 출구가 되어줄 거라는 믿음 또한 갖게 되었다. 지금 내 마음의 오키나와에도 눈이 내린다.

수록 작품 발표 지면

초록 고래가 있는 방 (낙타와 고래)
『문학동네』2023년 여름호

사려 깊은 밤, 푸른 돌
『에픽』2023년 봄호

오키나와에 눈이 내렸어
『유령들』2호, 2022

트리플 20

초록은 어디에나

초판 1쇄 발행일 2023년 9월 6일
초판 3쇄 발행일 2024년 8월 9일

지은이 · 임선우

펴낸이 · 정은영
편집 · 박진혜 최찬미
디자인 · 이선희
마케팅 · 최금순 이언영 연병선
　　　　윤선애 최문실
제작 · 홍동근
펴낸곳 · (주)자음과모음
출판등록 · 2001년 11월 28일
　　　　제2001-000259호
주소 · 경기도 파주시 회동길 325-20
전화 · 편집부 02) 324-2347
　　　　경영지원부 02) 325-6047
팩스 · 편집부 02) 324-2348
　　　　경영지원부 02) 2648-1311
이메일 · munhak@jamobook.com

이 책은 2023년 한국문화예술위원회
아르코문학창작기금 발간지원 사업
에 선정되어 발간되었습니다.

ISBN 978-89-544-4949-6 (04810)
　　　　978-89-544-4632-7 (세트)